あっかるいオッサンの「感激ノート」

上口敦弘

22世紀アート

はじめに

「日記」というと、続きそうもない。

「メモ」といえば、書き捨ててしまいそう。

「随想」となると、いささか気が重い。

日常、様々な人との出会い・ふれあい・助け合いの中で感激したこと、様々な文化に接して感動したことだけでも、気軽に書き留めておきたい。

そんな気持ちでノートを買い求めた。

名前を付ける必要もないが、何となく「感激ノート」と自分で呼ぶことにした。

後々読み返して、年代ごとの関心事を振り返ってみるのも、面白いと思う。

ノートの一ページにこう記してから、四十年が経過した。いま読み返すと、その時々の新鮮な驚きや喜びが思い起こされ、元気が湧いてくるから嬉しい。

学生時代に、ある後輩が私に「先輩は明るいですね。」と言ったら、別の後輩が即座に「明るいというよりも、〈あっ、軽い〉じゃないですか。」と茶化した。

学生からオッサンへと変わっても、どうもその軽さは変わらない。

「軽い」には「軽薄」・「軽率」といった意もあれば「軽快」・「軽妙」といった意もある。辞典で「軽」を引くと、「目方が少ない」をはじめ、「大した程度ではない」「ふるまいが慎重でない」「おもおもしくない」などと書いてある。

「重厚長大」産業の全盛期もあれば、「軽薄短小」産業が台頭した時代もあった。

結論は「まあ人生いろいろ、それが持ち味ならそれもいいか」であり、簡単に納得してしまうところは、やっぱり軽い。

最近は、ノートに副題をつけて、『あっかるいオッサンの「感激ノート」』と自分で呼ぶことにしている。

改めてノートをめくると、月に何度か書き込んだこともあれば、半年・一年といったブランクもある。とはいえ、よく続いたものだと思う。

ノートもさすがに古びてきた。

若い頃の細かな文字は歳と共に見辛くなった。

鉛筆書きをしたところは字が薄れて読み辛い。

酔って書いた殴り書きは、何を書いたのか思い出せなくなってきた。

そうしたことから、この機会に、更に歳をとっても読み返せるように活字にしておこうと思い立った。

改めてタイトルをつけてみようと思った。

「自分史」というほど、驚くような波瀾万丈のドラマはない。

「交友録」というほど、著名人とのパイプも交流もない。

「感銘語録」というほど、座右の銘となるような言葉の蓄積もない。

考えてみると、格調高いタイトルを付けたところで、中身が変わるわけでもない。

元々「感激ノート」と呼んできた。「まあ、それでいいか。」

大学に四年通い、民間企業に勤務して、再び大学に関わって五年が経過した。

「ふるさと帰り」「子供返り」が始まっているのだろうか。

その間、多くの方と出会い、心嬉しいご厚誼をいただき、様々な「感動・感激」を頂戴した。ただただ「感謝」の一言である。

たまたまこの本が目に留まってお読みいただく方には、私の「感動」のささやかなお裾分けが出来ればと思う。

そうは言っても、文字通り「あっかるいオッサン」の記述であり、いささか品位に欠けるところがあるのは否めない。

まあ、呆れ返らずに、ご笑覧いただければ幸いである。

目次

はじめに

第一部　民間企業編

1　営業と販促〈一九六八年〜〉〜したたかでしなやかな営業マンたち〜

2　企業内教育〈一九七八年〜〉〜人をつくる前に、まず自分をつくれ〜

2　学生スポーツ　～輝くアスリートたちに万歳～

3　ふるさと　～心のふるさと、初心に帰ろう～

おわりに

第一部　民間企業編

1　営業と販促　〈一九六八年〜〉

〜したたかでしなやかな営業マンたち〜

採用面接

昭和四十三年、S電機を志望し採用面接を受けた。五人ずつの集団面接であった。

「H君はR大の応援団長か、身体は丈夫そうだが、全国どこでも行けるかね。」

「もちろん、全国どこでも勤務します。」、明快な一言だった。次が私の番で、「K君はバスケットをしていたのか、身体は丈夫そうだが、全国どこでも行けるかね。」と同じ質問だった。

「もちろん、全国どこでも参りますが、出来れば、商売の厳しい大阪か名古屋で鍛えていただきたいと思います。」

親元の鳥取からあまり離れたくない思いもあって、そう答えた。

採用通知が届き、晴れの入社式で辞令が交付された。

「H、特機札幌営業所勤務を命ずる。」「K、特機名古屋営業所勤務を命ずる。」

二人の勤務地を分けた採用面接だった。

H君とは同期・同郷の親友として、その後も情報交換を重ねてきた。

ある時、採用面接の話になり、「H君は爽やかで潔かった。俺はいささか小賢しかった。」と言ったところ、「ああいうときは、普通ああ言うしかないじゃないか。君の答えを聞いて、本音を言ったなと思って笑ってしまった。」と返って来た。

採用面接の答えの違いは、将来のラインとスタッフの道を象徴していたのかも知れない。その後、H君は営業一筋に歩んで、グループ販売会社の社長となり、私は営業から転じて管理の道を歩むことになった。

後年、人事部門で採用担当を拝命したとき、私は面接の最後に次のように問いかけていた。

「君は身体が丈夫そうだが、世界各国どこでも行けるかね。」

現場の教え

導入教育、工場実習、販売店実習を経て、名古屋営業所へ赴任した。

一ヶ月ほど経って、代理店に集金に行ってこいと言われた。「お店の一番奥に経理の奥様がいらっしゃるから、領収書を持って行ってこい。」との指示だった。

店に行き、奥の席に行こうとしたら、入り口付近に座っていた人に、「待て、お前は誰や。」と声を掛けられた。

「社長がおるのに、挨拶も出来ないのか。」と言われ、続けて「入り口から、やり直せ。」と怒鳴られた。

一瞬縮み上がったが、一端外に出て気を取り直し、店に入り直した。

「毎度ありがとうございます。S電機から参りました。あっ、社長でいらっしゃいますか、いつもお世話になっております。」と破れかぶれの大きな声で挨拶をした。

「ようし、通れ。」と言われて、奥の奥様の席にたどり着いた。

「集金に参りました。」「聞いとるよ、小切手は線引きにしとくね。」

「はっ、線引きと言いますと。」

「集金に来るのだったら、ちっとは勉強してから来りゃあせ。」

そんなやりとりの後、小切手を納めて領収書を渡し、冷や汗もので退散した。

営業所に帰って上司のK係長に報告したら、「良かったな、社長に声を掛けてもらって。ええ勉強になったやろ。」と言われた。

後で聞くと、その代理店のI社長は高名な経営者で、教えを受けた営業マンは、皆、逞しく成長しているとのことだ。

「同じ商売仲間、若い人は皆で鍛えようや。その内、どえりゃあ人になったら、こっちがいっぱい教えてもらえるでなあ。」が口癖なのだそうだ。I社長には、営業の基本について血の通ったご教導をいただいたと感謝している。

宴席の大物

同期のＨ君の話が、北海道から聞こえてきた。

宴会でお得意先を怒らせたらしい。いきなり頭からドボドボと酒をかけられた。その時Ｈ君はやおら腕組みをして、泰然自若、徳利の酒がなくなるまで全く動かなかったということだ。同席していた人達は、「さすが肝が据わっている、顧客意識も半端じゃない。」と感心したそうだ。

「豪快な評判を聞いたよ。」と電話したら、「本当のことを言うと。」と意外な答えが返ってきた。「あの時は、相手をぶん殴って会社を辞めるか、このまま酒を浴びるかを考えている内に徳利の酒がなくなった。豪快な話じゃないよ、俺の繊細なことは知っているだろう。」とのことだった。

繊細かどうかは別にして、周りに内心を見せないところはやっぱり大物だと思う。

住道の居酒屋での懇親会で、もう一人の大物に出会った。

「熱燗ね。」「何本にしましょう。」「日本酒は二本やないか。」

「つまみはスルメかエイのヒレ。」「歌ってる場合か。」銘々が賑やかに注文していた。

酒通を自負している某氏が言った。「純米酒はあるかな。」「すみません、切らしてます。」「純米酒を置いてない店なんて、飲み屋じゃないね。」不用意な一言だった。

その後、どんどん料理が並んでいくが、某氏のつまみだけが出てこない。

「あれとこれは通っているかな。」「はーい、いまやってまーす。」

一時間程して某氏が「俺、明日早いからお先に失礼するわ。」と言って席を立った。

帰った途端に某氏のつまみが、どんと一度に運ばれてきた。

店主が顔を見せて、「この分タダにさせてもらいますから、良かったら召し上がってください。」とニコっと笑った。この店主、なかなかの大物である。

「客は店を選び、店も客を選ぶ」の言葉を改めて思い出した。

新潟の酒

北の新地本通りに、鉄板焼きの店「ボン」がある。

新潟の酒だけが置いてある店で、ご店主の説明と客との対話が最高に楽しい。

店主のIさんが渡す名刺の肩書きには「代表取り締られ役・支配され人」とある。

女将さんの料理も、魚（中央市場）と肉（但馬牛）だけは近隣からの仕入れだが、その他は全て新潟一色、こだわりの店である。

例えば、銀杏と椎茸・酒の粕・三種の麩・えごねりなどがそれぞれの産地の話題と共に出てくる。

テーブルには一人数個のグラスが置かれ、次々とお奨めの日本酒が注がれる。

先ずは吟醸系から、後は料理を邪魔しない酒を奨めるという。

香味の特色や命名の謂われ、酒蔵のこだわりなどの説明が嬉しい。

今日は「麒麟山」から、あっさり系の純米大吟醸で六角の瓶は酔うと枕に出来る。比べてみてと良寛さんゆかりの「和楽五尊」、次いでフルーティーな純米酒「越乃雪月花」、とっておきだよと特別純米酒「合鴨農法」、更には久保田の「徳月」。

「久保田には千寿とか紅寿もあるね。」と言うと、久保田は一に「洗心」、二に「徳月」、かなり空いて「万寿」「千寿」「百寿」があるそうだ。

また純米の「碧寿」は張り出し関脇、ランクが下がって「紅寿」、生の「翠寿」があるとのこと、勉強になりました。

「なぜ新潟の酒なんですか。」と尋ねると、「新潟では自分の好きな酒を好きなだけ飲む。そうした飲み方に合う酒はやっぱり新潟の酒です。」と返ってきた。

更に、「それに比べて大阪の人は、時として飲酒のマナーが悪いですからね。やっぱり、酒は飲んでも飲まれちゃならぬですよ。」おっしゃる通り。

是非一度、新潟の地で、新潟の人と、新潟の酒を心ゆくまで飲みたいものである。

返品の理由

ある朝出社すると、営業所の前に幌をかけた大型トラックが止まっていた。

誰かが「返品じゃないの。」といった。「悪い冗談を。」と皆で笑った。

守衛さんが「Kさん宛です。」と私に紙を手渡した。見ると送り状だった。

あろうことか、前日に送ったエアコン四十台が、そのまま返ってきていた。

慌てて納品先であるS商事の営業部長に電話した。「手違いがあったようで、トラックが帰ってきました。」「手違いじゃないよ、俺が返品したんだ。」耳を疑った。

返品の理由をきくと「契約したとき、景品を一緒に送ると言っただろう。」

確かにジャンバー六枚を約束したが、入手が遅れていた。

「商品と景品はセットだろう。欠品だから返品したまでよ。」とのことであった。

何時になく強引に理不尽を通されて、返品が確定した。

それから十日ほどたっただろうか、S商事が「危ない」という噂が聞こえてきた。

それからしばらくして、「不渡りを出した」との速報が来た。

倒産である。相当の売掛金があったが、回収不能となる。

在庫商品だけでも回収しようと、軽トラをつらねて現地に向かった。

着いてみると、S商事の事務所は荒れて無人、倉庫も空っぽで商品のかけらもなかった。

やはり名古屋から行ったのでは、地元の債権者とは勝負にならなかった。

「営業部長はどうしているかな。」と言いながら「ちょっと待てよ」と思った。

あの返品はいかにも強引で理不尽だった。

会社の倒産を予期して、最後の誠意をみせてくれたのではないだろうか。

トラックに同乗して訪問販売に行ったこと、二人で据付けの難工事をこなしたこと、セールス論議をしながら時間を忘れて飲んだことなどを、次々と思い出した。

みのむし君

「実は私、先日、みのむしになりましてね。」と言うと、大概のお得意先が「それはどういうことや。」と興味を示してくれる。

それは深酒をして深夜に独身寮にたどり着いた日のこと、階段を上がって、二階まで行けば暖かい布団があるのに、私は一階の玄関で寝てしまったらしい。

目を覚ますと周りから何人かの寮生が見下ろしており、「俺の新聞をどうしてくれるんや。」などと言っている。そのうちの一人が、「これは、みのむしやで。」と言ったら、その場は大笑いとなった。なにしろ寒い季節であった。入り口にある皆の新聞受けから、私は全部の新聞を引き出して、その何部かを丁寧に地面に敷き、何部かを掛け布団代わりに身にまとっていた。以後、三ヶ月位は、「みのむし君」と呼ばれた。

これが、私がみのむしになった話である。

いささか飲み過ぎた話と言えば、これも飲み過ぎ話に入るだろうか。

学生時代に運転免許を取らなかったので、教習所に通うことにした。

会社に貸付金制度があった。同じ理由で二度は貸してもらえない。

最初は、当然ながら「運転免許取得」で貸付金を借りたが、飲んでしまった。

次に「歯の治療代」で借りたが、飲んでしまった。

三回目に相手もいないのに「結婚準備金」で借りたが、やはり飲んでしまった。

「さあ、クイズです。四回目はどんな理由で貸付金を借りたのでしょうか。」

答えは、「先祖の墓の修復代」である。

当時の教習料は四万円位だったろうか。さすがに「墓の修復代」は教習所に払い込んで最初の講習を受けたが、その翌日、大阪本社の営業本部へ転勤の内示があった。

大阪では、夜遅くまでの仕事や出張も多く、教習所に通う時間もゆとりもなかった。

タイミングを失い、以来、現在に至るまで無免許である。

結婚と家族

昭和四十五年に結婚した。披露宴でたくさんの祝辞をいただいた。

上司のT所長からは職場紹介があった。「私共の会社は電機メーカーですが、取扱商品も多く、簡単に言えば便器と棺桶以外は製造・販売しています。」結婚式に棺桶とはいささかまいった。

先輩のKさんは「K君とは、ほとんど毎晩、雀荘か飲み屋に行っておりましたが、私は今日から奥様の味方です。お付き合いは程々にします。」この軽さにもまいった。

H大の心理学のS先生にはとても長い祝辞をいただいた。終わったかなと思ったとき、「それでは沖縄の歌を歌います。」聴衆の心理も読んで欲しいと思った。

ある人がスピーチをした。年代ごとの夫婦を象徴する言葉は、二十代は「愛」三十代は「努力」四十代は「忍耐」五十代は「あきらめ」六十代は「感謝」だそうだ。

「私は四十代の忍耐世代、次のあきらめ世代を何とかクリアして、感謝世代に繋ぎたいと思っています。」これを聞いて我々夫婦も紆余曲折があるだろうなと思った。

最初の住まいは、名古屋近郊の西春町の借り上げ社宅だった。

近所に先輩の家があって、家族ぐるみのお付き合いをしていただいた。Mさんの家にはよく酒盛りに行った。日曜日にはTさんの三歳の長男がよちよち歩きで碁石を一つ持って家に来た。一局囲みませんかとのお誘いだった。家の前を耕して畑を作った。大根や赤カブができるとご両家にお裾分けした。長男が誕生し、三人家族となった。あるとき、カミさんが里帰りしたので、自分で風呂を沸かそうとした。屋外のマッチ点火の風呂釜だった。コックを回しマッチを擦った途端にボーンと音がして、眉毛と前髪がチリチリと焼けてしまった。カミさんが帰ってきて「どうしたの」と言った。訳を話したら大笑いされた。カミさんの有り難さが少し解った。

披露宴の祝辞

最近、結婚披露宴に呼ばれる機会が多く、感動的なスピーチに出会うことがある。特に、新郎新婦をあまり知らない来賓のスピーチは、人生訓などを主として話されるので、なかなかの参考になる。

ある人は、「姿の美しい女性は目を楽しませてくれる。才色兼備の女性は心を楽しませてくれる。これは皇帝ナポレオンの言葉です。新婦は仕事が抜群だけでなく、とてもチャーミングです。そうした意味から言っても、新郎はまさに生涯心を楽しませてくれる素晴らしい伴侶を得られたと思うのであります。」

またある人は、「結婚式はボーイフレンド、ガールフレンドの恋の卒業式であり、家庭を持つ夫婦の愛の入社式であると言われます。夫婦の愛のスタートである今日の良き日の感激を永く心に留めて、素晴らしい家庭を築いていただきたいと思います。」

更にある人は、「私の好きな言葉に、喜びは夫婦で掛け算、悲しみは割り算があります。仲睦まじい夫婦は嬉しいことは二人で倍にし、辛いこと悲しいことは二人で割って半分にするといった意味です。人生山あり谷ありです。折に触れて掛け算と割り算、そんな言葉を思い出していただき、夫婦相和して頑張ってほしいと思います。」

そしてある人は、「お二人は新家庭を築いて夫婦生活に慣れていかれるわけですが、このなれると言うのは、立心偏に貫くという字の慣れであります。これがなれっこになって感激を無くし、何とも思わぬようになると、今度は獣偏に甲の字の狎れとなってしまいがちです。どうか今日から始まるお二人の新生活の営みは、慣れて、そして狎れぬようにお願い致します。」

披露宴での良いスピーチは新郎新婦だけでなく、世代をこえて参列者の共感を呼び、気持ちを和ませるから嬉しい。

桃栗三年

営業本部に来てIさんと出会った。情報交換と称してしばしば居酒屋で飲んだ。ある時、「出産予定日が近いんだが、どうしようか。」と聞かれ、「今日が予定日じゃないんでしょう、とりあえず情報交換しましょう。」と言って、守口で飲んだ。

Iさんは、途中で気になったようで、家に電話を入れた。「電話に出ない、生まれたんちゃうやろか。」と慌てて帰っていった。

翌日、次女誕生のニュースを聞いて申し訳ないことをした、と思った。

考えてみると、私も長男が生まれた日は接待麻雀をしていた。出産には広島の義母が付き添ってくれた。旦那が出産に立ち会うことなど、非常に希な時代であった。

Iさんには、一男二女があるが、その命名の話は何回聞いても楽しい。

長男が生まれたとき、お父様から「桃太郎にしたらどうや。」と話があり、そう決めたと連絡したら、「ほんまにそれでええんか。」と言われた。

長女が生まれたとき、お父様から「桃の次は、栗かな。」と言われ、一日考えて、「クリ子」と命名した。桃栗三年柿八年からきているらしい。

次女が生まれたとき、「栗の次は、柿かな。」と言われる前に奥様が、「私は柿は嫌いですから。」とお父様に先手を打った。次女の名前は「ハル子」とした。

「ハル」は高名なお父様が実践された「春風を以って人に接す」に通じる。

「男の子だったら、『柿右衛門』にしようと思っていたんだが」とIさんは言う。

Iさんとは結構共通点が多い。私大の文系を出て入社、営業所から営業本部へ来た。夫婦の干支は申と戌、長男は亥年、血液型はB型、宗教は禅宗、プロ野球はタイガースファン、カミさん同士の家紋まで「丸に木瓜」と一緒で、なにかとウマが合う。

このご縁を大切にしたいと思った。

猟銃と雪駄

中国販売の販促部長のOさんと夕食を共にした時、営業所時代の話になった。同じ広島営業所のTさんの持ち舟で、二人で舟釣りに出かけたそうだ。夕暮れ近くなり、大きな船が二人の釣り舟に当たって、舟が沈んでしまった。OさんはTさんのために、当たった船の所有会社に掛け合いに行った。「しっかり折衝をしなければいけないので、一応猟銃を持っていった。」その結果「ボロ舟は新造舟になり、雪駄まで新しくなった。」そうだ。

「我が社の営業マンが雪駄ですか。」と言ったら、「釣りには雪駄じゃないの。」と屈託がない。「猟銃もいけませんな。」と言うと、「その通り、猟銃は物騒だから止めた。今は日本刀を集めとる。」

どこまで本当の話かはともかく、営業マンの話は面白い。

当時の同僚の話では、Oさんの若い頃はやはり、かなりやんちゃだったらしい。ある日、H所長に「Oは出社しとるか。」と聞かれて、「一旦出社致しましたが、ただ今、喫茶店に行っております。」と答えた。

所長が怒るかと思ったら、「そうか、昨日は何も物騒なことはなかったんやな。」と言われたそうだ。

「手のかかる子ほどかわいい。」といったところであろうか。

確かに営業マンにとって、したたかな「気骨」を持って、「打たれ強く」「筋を通し」「裏切らない」といったことを貫くことは大切である。

また「叱られ上手」「断り上手」「聞き上手」というしなやかな側面も必要だ。

優秀な営業所では、こうした資質を持った営業マンが次々と育っていく。

そうした職場では上司と部下、先輩と後輩などの間で、たとえ荒い言葉が飛び交っていても、それぞれが強い使命感を持ち、お互いの信頼関係もまた見事である。

営業の一服

自社製品以外の商品の仕入れ販売を行う販売会社が誕生した。

O新社長が、就任挨拶に来られた。久々の再会だった。

「当社は、麻薬と女とピストル以外は全て商っております。」

最初の言葉で応対者の気持ちが和むから嬉しい。

O社長の若い頃の話はいつも興味深くて楽しい。

広島営業所で、ある月、空前の売上をして、胸を張って販売会議に臨んだ。

H所長から「O君、今月はよく頑張った。全セールスの鏡である。」とお褒めの言葉をいただき、「過分のお言葉ありがとうございます。」と大いに面目をほどこした。

次月の営業方針を聞いた後、セールスが、次々と販売目標を申告した。

H所長から「O君、どれくらいいける。」と聞かれ、「今月、目一杯やりましたので、来月は一服させてもらいます。」と言った。

途端に、H所長の顔色が変わり、「馬鹿もの、営業に一服があるか。」と言って、所長室に引き上げてしまった。

所長が出てこなければ、販売会議は終わらない。皆に謝ってこいと言われて、所長室に入った途端にインク壺が飛んできて、Yシャツが真っ赤になった。

以来「営業に一服はない。」の言葉を胸に、いつも全力投球してきたそうだ。

「半端なことは出来んわなあ、Hのおやじの顔に泥は塗れん。」が口癖だ。

後に、O社長の会社は一人当り売上がグループのトップとなり、毎年の経営方針発表会はO社長の名調子を聴きたい人でいつも超満員となった。

H所長は空調会社の経営や会社の理事を経て、グループOB会の会長をされた。

しかし、年月は流れても、O社長はH会長に出会うと、昔の癖で思わず「直立不動」の姿勢になってしまうそうだ。

一転二転

私は営業本部の販売促進部で、流通支援の販売店課をかわきりに、新店づくりの推進一課を経て、販売店研修課に移り営業マン教育の仕事をして来た。

あるとき、課長を兼務するY次長をはじめ販売店研修課のメンバーが、営業本部長のK専務に呼ばれた。

組織変更による異動の話だった。

「本来機能に特化して、小さくて強い営業本部としたい。社内外の教育訓練は人事本部に一元化する。従って君達は人事本部の教育訓練部に移ってもらう。頑張ってくれ。」と言われた。

皆いささか動揺した。「我々は営業の本来機能ではないそうだ。」「営業マンを育てないで営業実績が上がるか。」などと口々に言いながら、身辺の整理をした。

数日後、営業本部のある淀川本社から、人事本部のある守口本社へ引っ越すため、トラックに机やイスを積んでいると、Y次長だけが再びK専務に呼ばれた。次長がトラックに戻ってきて言った。

「すまん、君達と一緒に行けなくなった。電子レンジの企画部長の内示を受けた。」

皆いささか落胆した。次長の荷物だけを下ろして、トラックは出発した。

人事本部に来て、教育訓練部長の話を聞いた。「今、創業者ゆかりの地に、研修センターを建設中だ。竣工と同時に教育訓練部は全員センターに勤務する。」

「組織は、人事本部を離れて、研修センターとして独立し、社長直轄となる予定だ。販売店研修課は〈店〉をとって部に昇格させ、販売研修部とする。社内外の営業・流通部門の職能研修を集約して企画・推進してほしい。」

予想外の話に、皆いささか元気を取り戻した。

この機会に教育訓練のマインドとスキルを学ぼうと思った。

2　企業内教育　〈一九七八年～〉

～人をつくる前に、まず自分をつくれ～

ジェームス山

会社創業三十周年を記念して、神戸は塩屋の小高い丘ジェームス山に、研修センターが竣工した。地上六階地下二階で、瀬戸内側から見ると八階建てに見える。設計コンセプトは「鶴翼の構え」だそうで、確かに白い鶴が翼を広げているようだ。

研修センター一階食堂の奥の壁面に、創業者の二つの言葉が掲げてある。

○「私は博士でなく白紙である」

私にとって見るもの聞くもの全てが先生である。私は博士でなく白紙だ。だから、見るもの聞くものすべてノートできる。私には専門はない。営業をやれといわれれば営業をやる。製造を命じられれば製造をやる。研究をやれといわれれば人の知恵を生かして研究をすることもできる。

○「自分の足跡を残す」

与えられた仕事を、命じられたままトレースするのでなく、自分の持つ知識・技術・アイデア等々、何かをプラスしてみよ。先人の歩んだ足跡よりも、大きなものを残す気概、それが大切だ。

二枚のパネルをみて、創業者の「学び」と「仕事」に取り組む姿勢の原点がここにあると思った。

研修センターには、経営・国際・技術製造・販売の各研修部と企画管理部の五部が置かれ、勤務する社員は三十数名であった。

その内、十数名の社員が家族と一緒に近隣に引っ越してきた。私の家族も守口から垂水は福田川沿いの芦田マンションに転居し、息子も小一で守口小から福田小へ転校、家族それぞれの新しい生活が始まった。

上司への返歌

研修センターのK新所長から、本社でM専務に出会ったときの話を聞いた。

「ちょっと部屋まで来い。」と言われ、役員室に行ったら一枚のメモを渡された。

専務のメモには宮中歌会始の入選作が書いてあった。

「サンフランシスコの　並木の桜咲きたりと　便り在りし日伊那に雪降る」

五十四歳の主婦の作で、親が子を思う心情がよく表れている。

とっさに吉井勇の歌が浮かび、返歌をしたそうだ。

「雪降らば　行かむと君に誓いたる　その新潟に雪降るといふ」

こちらは恋する人への想いがよく表れている。

この話を聞いて、幹部同士の交流は誠に味があると感じた。

補足は無粋だが、背景について、あえて記しておこう。

K所長は労組の中央執行委員長を降り、販促部で慣らしの後、総務人事本部長のM専務から新潟販売社長の辞令を受けた。

以後、名古屋の副社長、広島の社長を経て、神戸の研修センターまで帰って来た。

K所長の故郷は「伊那」の駒ヶ根である。

M専務は伊那の語でK所長を思い起こし、メモを取ったのだろう。離れた地にいても何時も心に留めていた、との専務の気持ちが、歌を通して伝わってくる。

新潟の川端町に吉井勇の歌碑がある。その歌を通して、私も遠くの任地にあっても、いつも貴男が心にありましたとの気持ちを返している。

「雪降る」で終わる歌に、とっさに「雪降らば」で始まる歌を返すことなど、私からすれば有り得ないことである。

文化の香りの高い話を聞いて、新所長による研修センター変革の兆しを感じた。

段取り八割

お得意先の経営者研修は、Ｇ副社長の講話で終講する。

激励の言葉は「黄金の過去をつくれ」であった。「今日の一日、このひとときを懸命に生きよう。振り返ってみた時、それがあなたの黄金の過去となっている。」

『叱り叱られの記』『こけたら立ちなはれ』などの著書は企業人必読の書といえる。

副社長が社員を叱るときは全力で叱る。特に手抜き仕事などは論外で、立ち直れない程の雷が落ちた。

研修の場面でも、講師が立ってからマイクの高さを合わせに行ったり、熱気がこもったからと窓を開けに行くと「チョロチョロするな。」と一喝された。

全て先の状況を読んで万全の段取りをせよ。本番でしたり顔で働いてみせるのは見苦しい限りとのことだった。

あるとき、研修終講の記念写真を撮影中に「写真を二枚も撮るんか。」と言われた。しっかり段取りをして一枚で最高の写真を撮れとの指示だった。工程を見直し、次の研修では、立つ場所に人数分ビニールテープで印を付けるなど、万全を期した。

あるとき、副社長のタバコに火を点けようとしたが、ライターが出てこない。「ほれ、タバコとライターはここ、手帳と財布はここ、ハンカチはここ、お前も決めとかんかい。」と言われた。なにはともあれ、先ずライターの位置を決めた。

あるとき、診療所の前でお会いした。挨拶したら「あんたはどこの人や。」と言われた。ボケられたのかなと思ったら、「会社の記章を付けとらん。」と一喝。確かにバッヂを付け忘れていた。

若輩でもあり、会社の本業のご指導をいただく機会はなかったが、大切な心得をご教示いただいたと受け止めており、とりわけ「段取り八割」「黄金の過去」の教えは、終生仕事の原点にしたいと思っている。

学びの年齢

カミさんが「徹子の部屋」で面白い話を聞いたと言う。

背泳の元五輪選手、木原美智子さんのスイミングスクールに、八十歳のおばあさんが通ってきて、一年がかりで泳げるようになった。

木原さんが「どうして今になって水泳を習うのか。」と聞いたら、「三途の川を泳いで渡って浄土を見て、もう一度泳いで帰るつもりだから。」と言ったという。元気の良い話である。本当は「鍛錬に年齢はないのよ。」ということであろう。

社内でも、能力開発担当のH常務が所員に語学力と情報力の強化を指示して、自らも英会話のコースに顔を出し、マイコンを購入して勉強を始められた。コメントは、「政界では四十・五十は洟垂れ小僧、私もまだ六十代だ。」であった。自分を高めるのに「今さら」はない。世代を越えて「心の若さ」が大切だと感じた。

研修の導入時に講師の方々が動機付けとして先達の言葉を紹介することがある。

ある人は「いまいまと　いまというまに　いまぞなし　いまというまに　いまぞすぎゆく」今やるべきことを先送りしてはいけない。時はどんどん過ぎていく。今を大切に学びましょう。

ある人は「少して学べば壮にして為すあり　壮にして学べば老いて衰えず　老いて学べば死して朽せず」

職能研修などは各世代が集う。学ぶことは世代を越えて意義深い。皆さんの経験も交流しながら進めましょう。

ある人は「いにしえの道を聴いても唱えても　身の行にせねば全て空しく」

知識を得ただけでは駄目。それをどう実践して身に付けるかを考えましょう。

「言うは易し」、ひとに言う前に先ず我々が「心の若さ」を持って、自ら研鑽努力することが肝要だと思った。

起承転結

起（はじめに）むかしむかしあるところに、おじいさんとおばあさんがいました。
承（少し詳しく言うと）おじいさんは親切で、おばあさんは意地悪でした。
転（話は変わりますが）雀がいたずらをすると、おじいさんは優しく諭し、
　　　　　　　　　　おばあさんは舌を切ってしまいました。
結（結局言いたいことは）雀はそれぞれに相応しいお返しをしました。
　　　　　　　　　　やっぱり親切って大事ですね。

「起承転結」は、物事の展開や構成を表す言葉で、文書指導の定番である。
もともとは「四行から成る漢詩の絶句の構成」だが、説明は簡潔な方がよい。
これは「舌切り雀」の例示だが、そのほか「兎と亀」や「蟻とキリギリス」などの

寓話を、最短の言葉で「起承転結」に当てはめて見ると早く理解できるから面白い。

このような、社会人の基礎を教える初級社員研修でも、講師が「若者への心構え」として、先達の言葉を紹介することがある。

ある人は「冷に耐え　苦に耐え　煩に耐え　閑に耐え　激せず　騒がず　競わず　従わず　もって大事をなす。」

ある人は「笑われて笑われて偉くなるのだよ　叱られて叱られて賢くなるのだよ　叩かれて叩かれて強くなるのだよ　世の中の偉いと言われた人が　一度は通った道なのだよ。」

ある人は「我がものと思えば軽し傘の雪、誰のためでもない、痛いのも苦しいのも、あとで全部きみたちの懐へ、お金となって返ってくるのだよ。」

確かに「心構え」の通り、若い時の苦労が将来に活きることは間違いない。

ただ、現代っ子気質の若者にその意味を理解させるには、「具体例」や「今なすべきこと」などに裏打ちされた「動機づけ」が不可欠だと感じた。

5W1H

つれて逃げてよ　ついておいでよ（What・Who　何を・誰が）
夕ぐれの雨が降る　矢切の渡し　（When・Where　何時・何処で）
親のこころに　そむいてまでも　（How　どのように）
恋に生きたい　ふたりです　（再びWhat　何を）

「つれて逃げてよ」と言えば、テーマは「駆け落ち」主演は「恋する男女」である。駆け落ちの発想は若くない。二人とも三十は過ぎた年回りだろうか。

時は「夕暮れ」天候は「雨」。雨の季語は晩秋、しとしとと冷たい雨が降っている。

場所は「矢切の渡し」。都心から見ると、うらぶれた田舎への渡しである。

状況はと言えば「親」にも反対され、落語なら「家においで。」と言う親類もない。

持ち金もおそらく少ないだろう。

聞いている方も段々切なくなってくる。可哀相に辛いだろうなと畳み掛けて、

「恋に生きたい」とテーマに返る。皆が添い遂げさせてやりたいと思う。

５Ｗ１Ｈの中で（Why　何故）がないのではと気付く人がいると思う。

ないのが素晴らしい。何故か。恋の歌に理屈を言うとぶち壊しになる。

「矢切の渡し」は名作である。

何故この歌がベストセラーになったかについてテレビで取り上げていた。

ヒットするにはそれなりの訳がある。この歌は、「５Ｗ１Ｈ」の他「起承転結」、

「Whole Part Whole（全体・部分・全体）」などの原則に則っている。

提案書や報告書などのビジネス文書にも、こうした手法は当てはまる。

「さあ、原則を頭に入れて、就職でお世話になった人への御礼状を書いてみよう。」

ビジネスマナー研修の一コマである。

英語の標語

S電機と東京S電機が合併して新体制となり、企業理念「私たちは世界の人々になくてはならない存在でありたい」が示された。会長からは「Break threw!」壁をうちやぶれ、社長からは「To Top!」トップをめざせ、との指示があった。

○営業本部のスローガン：「Attack 6C」
Creation & Challenge　「創造」と「挑戦」
Competition & Co-operation　「競争」と「協調」
Communication & Concentration　「対話」と「総力」

○　ある販社のスローガン：「We are No1 "Attack"」
Attack「攻撃力」目標を完遂しよう。Team「チーム力」共に挑戦しよう。

Technology「技術力」商品技術を磨こう。Action「行動力」行動で示そう。
Creation「創造力」販売技術をあみ出そう。Kind「親切心」好意と信頼を築こう。

○管理者への指針：「Leadership」
Listen「傾聴」　Explain「説明」　Assist「援助」
Discuss「討議」　Evaluate「評価」　Response「責任」

○営業マンの要件：「Sales」
Smile「明るい」　Action「行動する」　Lead「他に先駆ける」
Energy「粘り強い」　Sincerity「約束を守る」

国内営業の職場にも急に英語が入り込んできた。「長ったらしい」「国内はヤマト言葉でいいんだよ」などと言わず、標語を理解し自ら何をするかを明確にしよう。Insider mind を持って、当部では、当課ではと、しっかり Break down 出来る manager と member づくりが「目標必達の風土作り」の key となる。

「あれっ、もう感化されたのかな。」節操のないことである。

3ポイント

「このテーマで大切なことは三つあります。」

研修センターのN所長の導入やまとめは、いつも3ポイントで、明快である。

そう言えば周りに「木曽三川・出羽三山・蝦夷三港」、「三羽烏・三人衆・三銃士」、「三傑・三師・三伝」など、三のつくものがいっぱいある。

また三要素として、国家は「国民・領土・主権」、力は「大きさ・方向・作用点」、音は「旋律・和音・拍子」、色は「色相・明度・彩度」と習ったことを思い出す。

そのほか、日本の美は「雪・月・花」、川柳の特性は「うがち・おかしみ・かるみ」、コーヒーの特徴は「苦み・酸味・コク」などと、拾い出すときりがない。

あるときN所長に3ポイントの作り方を尋ねると、「三要素・三段階・ベスト三のどれかでまとめることです。」と3ポイントで返ってきた。

幹部講話など、仕事がらみでも、周りに「3ポイント」の表現が多い。
〈選挙の勝因〉「天の時・地の利・人の和」
〈韓国Sグループの経営理念〉「事業報国・人材第一・合理追求」
〈会社をとって残るもの〉
「体力・知力・財力」（身体が資本・技術が資産・貯金が財産）
〈三つの切る〉古いものに対し「思い切る」・合理的に「割り切る」・
新しいことへ「踏み切る」
〈鯨を捕りたければ南極へ行け〉（販売技術を磨け）
「南極へ行く技術・鯨を発見する技術・銛を命中させる技術」
（商圏顧客戦略・見込み発見技術・売り込み技術）
確かに、それぞれが理解し易く記憶に残る。
要点を三つにまとめて訴求することを心懸けたいと思った。

社長研修

社長研修の事務局をした。新任役職者以上の研修は社長が自ら出講される。内容は「管理者のあり方」の講義、「製造行程の見学」の後、「社長講話・個別面談」である。事務局の業務は社長面談のための受講者の現況名簿の作成、司会や講話と面談の記録、行程見学の随行と受講者の感想聴取などである。

あるとき上司から「新任役職者研修」を受講せよと指示があった。「毎回聞いていますから。」出来れば避けたいと思ったが、「社命だよ。」と言われ、改めて受講者として研修に参加した。

「管理者のあり方」は、私もインストラクターの一人である。受講者として講義を受けてみると、講師への受講者の気持ちや、内容を理解していくプロセスがとてもよくわかった。

社長講話が始まった。

「後継者を育成せよ」企業は永遠に発展しなければならない。

企業は人が運営するが、人は永久に生きられない。

よって全ての人が後継者を育成せねばならない。

「言うて、教えて、して見せよ」まず言うて出来る人は優秀な人である。教えて出来る人は普通の人である。しかし言うて、教えて、なお出来ない人でも見捨ててはならない。出来ない人にはして見せよう。そうすれば出来るようになるはずだ。

「人をつくる前に、自分をつくれ」が全ての前提である。

受講者として聴く社長講話は、聴き慣れたはずなのに、驚く程新鮮だった。

事務局と受講者の両方を、立場を変えて経験したことは得難い収穫であり、様々な仕事においても「相手の立場に立つことの大切さ」を改めて実感した。

私にとっては素晴らしい自己啓発の六日間だった。

作戦用務令

「職場は一将の影」岐阜事業所の分社、Ｓインフォメーションビジネスの社長席の後ろにこの額が掲げてあった。Ｋ社長に聞くと、「管理者が一喜一憂すると、すぐに職場が動揺する。額は私の戒めです。」との言葉が返ってきた。

管理者の牽引のあり方によって組織の業績や風土に大きな格差が生じる。管理者の養成は、企業内教育の大命題である。

この一端を担う研修センター職員は、労働省や産業訓練諸団体が推奨するインストラクターやトレーナー資格を取得することはもとより、そうした技法をもベースに、自社のニーズに対応した研修を企画・推進しなければならない。

管理者養成に関わる研修エリアは、管理者教育プログラム（ＭＴＰ）、監督者訓練（ＴＷＩ）、経営戦略・意志決定・組織開発・目標管理・課題解決などである。

教材にしようと、欧米、中国、日本のマネージメントスタイルの変遷をまとめていたとき「陸軍作戦用務令」に出会った。綱領の第十に指揮官についての記述があり、指揮官は「部下をして仰ぎて富嶽の重きを感ぜしめざるべからず」の語句が強く心にのこった。

○第十　指揮官は軍隊指揮の中樞にして又団結の核心なり　故に常時熾烈なる責任観念及強固なる意志を以て其の職責を遂行すると共に　高邁なる徳性を備え　部下と苦楽を倶にし　率先して躬行　軍隊の儀表として其の尊信を受け　劍電弾雨の間に立ち勇猛沈着　部下をして仰ぎて富嶽の重きを感ぜしめざるべからず(略)

これは、戦闘を基準とする軍隊組織での指揮官像だが、近代日本の管理者像と一脈通じるところがある。管理者養成コースのなかで、現代の民主的リーダーたちがこうした指揮官像について意見交換するのも一興かなと思った。

お店の経営研修

新規開店経営者研修は五日間の合宿コースだが、その受講者は個性に溢れている。あるときオリエンテーションで質問された。「先生は、お店の経営をしたことがあるの。」「ありません。」「じゃあ帰ろうかな。」という。「と言いますと。」と問い返すと、「自分でやって儲けた人の体験談が聞きたいんだよね。」と返ってきた。

「貴方はお店を経営して儲ける人、私はしっかり儲けているお店の成功ノウハウをまとめてお伝えする役割、もう少し聞いてから帰りませんか。」

「じゃあ一日か二日聞いてみようかな。」

予想もしない質問にどう即答するか、お得意先の研修はなかなか緊張感がある。

カリキュラムは、商圏戦略・顧客管理・計数管理・商談技術・店頭展示・開店プロモーションなどである。

かの人は次から次へと質問した。

「新規客の獲得が全てと言うが、俺の居た駐屯地には三千人以上の親しい隊員が居る。この人脈だけで十分勝負出来ると思うがどうか。」

「遠距離客が増えると商圏効率が悪くなると言うが、大物商品が売れるなら百キロでも走るが悪いか。」

「一日の仕事の標準化と言うが、妙にパターンを決めると商談のチャンスを逃してしまうことにならないか。」

質問の都度、解っているはずなのに何故そんなことを聞くのかと思った。

研修の最終日、かの人が握手を求めて言った。

「従業員やお客様に聞かれたら返答に困ることをぶつけてみたけど、本当に参考になった。良い勉強をさせてもらった。」

私の方が良い勉強をさせてもらったと思った。

販売大学

「地域の電気店経営者が自店で後継者を育てることは、自ずから限界がある。集合研修の場を設けてくれ。」このような流通現場のニーズに対応して、研修センターで、一年制の「販売大学」をスタートさせることになった。

実施要綱は、以下のとおりである。

《ねらい》　地域販売網の核となり得る電気店次代経営者候補を資質・能力・意欲・環境面より選抜し、経営者に必要な知識・技能・態度を習得させる。

《すすめ方》　年五回の集合研修とその間の自店学習により、単に知識の習得にとどまらず、自店での課題体験学習を通して実践力を身につける。

《研修内容》　基礎（業界・流通・情報）専門（経営・販売・技術）及び体験実習。

十二日間の集合研修は、朝食前の「朝の日課」から始まる。全員で体操・ストレッチをし、ジェームス山の外人居住地をランニングしたのち、海に向かって大声で「セールス十訓」を唱和した。合宿中は担当者も寝食を共にして、補講や個別指導をした。自店学習の間には、手分けをして各派遣店を訪問し、実践指導にあたった。

あるとき、北海道のお店を訪問したが、ご店主から開口一番に「息子が習った商圏戦略や顧客管理がここでは殆ど通用しないんだよね。」と言われた。

受講生の車で商圏を巡回して合点がいった。顧客と顧客の距離が恐ろしく遠い。道路わきに看板状の表札があり、目をこらすと遙か向こうにサイロが見える。「あのサイロの向こうがうちのお客さんです。」店に帰って、その店ならではの顧客管理の手法や訪問計画について、ご店主と受講生と三人で改めて練り直した。

十人十色と言うが「十店十色」である。一期生から七期生まで、個性溢れた一四七名と共に学び、多くの思い出を胸に担当を終えた。

職場ぐるみ研修

「営業拠点の効率向上と少数精鋭化」の営業本部のニーズに対応して、仕事の中に訓練を取り入れる「現場対応型研修システム」を開発、「職場ぐるみ研修」として導入することにした。実施要項は、以下の通りである。

《ねらい》～挑戦的・啓発的な組織風土づくり～

メンバーの知恵と行動を結集し、「高い目標に挑戦し、完遂し続けるチーム」「自らの課題を、自ら解決しうるチーム」づくりを進め、目標完遂・課題解決を可能にするための、メンバーの知識・技能の自己啓発、相互啓発を促進する。

《すすめ方》～メンバー主役の目標・プロセスづくりと一斉推進～

「セールス会議」毎月一回、戦術会議を開き、課題抽出と対策・目標とプロセスづくりを行うとともに、知識・技能の補完の場とする。

「実践研修」立てた目標・対策、得た知識を日常業務の中で自己チェックをしながら実践し、メンバー各人の能力向上を図る。

導入期（初年度）は、国内のテストパイロット市場と言われた静岡県・岡山県の中で浜松と岡山営業所で「職場ぐるみ研修」を全社導入モデルとして実施し、研修システム設計と現場のニーズ調査を行った。

試行期（二年目）は、営業本部が選定した強化拠点、郡山・徳島・福井・津の四営業所で、拠点毎のニーズに応じた研修方式をとりながら、さまざまな課題や研修のすすめ方のバリエーション試行をし、その結果を実施事例集としてまとめた。

推進期（三年目）は、各販社が選定したモデル拠点、武蔵野第一・松本・福山・南東京・新潟・札幌の各営業所・山口営業部などで、販社のリーダーと協力して研修を推進しながら実施ノウハウの集約を進め、販社の自前研修の準備をした。

発展期として、導入期から推進期の三年間で構築した研修システム「職場ぐるみ研修」の主管を、研修センターから販社へと移管し、リーダーによる各販社の自主研修方式にゆだねて役割を終えた。

各拠点の研修期間は一年間としていたが、要請によって半年間延長して仕上げたこともあった。他の研修との並行実施でもあり、当初は年間二拠点が限界だったが、試行期から二名、推進期から三名体制となり、多くの拠点に輪を広げることができた。

モデル拠点での取り組みだけあって、それぞれの拠点責任者は人物力量共に優れており、そこに集う営業マンたちもまた、一人ひとりが貴重な成功事例を蓄えていた。

この三年間の「職場ぐるみ研修」を通じて、かつて私を育てていただいた営業第一線で、こうした素晴らしい営業マンたちと改めて交流を深め、一緒に現場の課題解決に取り組むことができたことは、限りない喜びであった。

初めての入院

後厄のこの年、下期の研修計画は超過密だった。

合宿研修や出張が続き、帰宅は週一回、着替えを取りに帰るのが精一杯といった状況だった。その内目が霞み、全身に発疹し、高熱が出て病院に担ぎ込まれた。

病院は「神戸中央市民病院」、病名は「伝染性単核球症」だそうで、生まれて初めての入院だった。

肝機能は著しく低下していたが感染の恐れはなく、面会もＯＫとなった。

少し回復してくると何となく人恋しくなり、お見舞い客との会話が楽しい。

一人で・仲間で・ご夫婦でと、多くの方に足を運んでいただき、それぞれに心のこもったお見舞いを頂戴した。

「クッキーを焼いたから。」とか「お好きなコブ茶でーす。」「早く帰るおまじない、カエルのぬいぐるみ。」といった女子社員の差し入れには心が和む。

「病院食を美味しく変える三品、海苔・梅干し・ふりかけです。」なるほどねえ。

また、回復してくると、いささか時間を持て余すようになる。

少し回復した頃「音楽テープの全集、気晴らしにどうぞ。」かなり回復したとき「三国志全八巻、今しか読み返せないでしょう。」Uさんは配慮の人だなあと感じた。

普通、入院時には「仕事は忘れてじっくりと。」と言い、退院間近では「皆が待ってるよ。」と言う。ところが、ある人が見舞いに来て、入院時には「君の抜けた穴は大きい。」と言い、退院間近には「体制が出来た、どうぞゆっくりと。」と言った。

この見事なまでの常識外れは面白い。商談話法の講座で使わせてもらおうと思った。

入院を振り返ってみると正に「看護婦さんの仕事振りに感動」「励ましてくれた仲間に感激」「支えてくれた家族に感謝」である。

周りに迷惑を掛けたが、私にとっては素晴らしいリフレッシュ期間であった。

頑張ります

「あいつは、雨降りの太鼓やで。」研修センターのＨ理事が言われた。
「どういうことですか。」と聞くと、「ドンならんと言うことや。」
Ｈ理事の軽口語録は面白い。
「うどん屋の釜」は言うばっかり、「風呂屋の看板」も言うばっかり。
「北国の雷」は居座って動かない。「雪駄の甲羅干し」はそっくり返る。
「冬の蛙」は考える。「竹屋の火事」はポンポン言う。

あるとき、Ｈ理事に「私は申年、家内は戌年、犬猿の仲ですわ。」と言ったら、「甘い、俺は寅年、家内は辰年、竜虎相討つ決戦をやっている。」とすぐに返ってきた。
恐れ入りました。

またあるとき、「指示を徹底します。」と言ったら、「徹底すると言うことは、まず説得して、納得させて、実行に移させることだ。」実行させてくれと改めて指示された。更にあるとき、「頑張ります。」とやる気を伝えたつもりが、「頑張ると言ったら、努力するとか、汗をかくことと違うぞ。途中で起こるあらゆる障害に耐えて、最後までやり通すことや。」まあ頑張ってくれと言われた。

敬愛する販売会社のO社長はH理事の愛弟子の一人である。

あるとき、O社長に「鍛えられています。」と話したら、「何をいっとんのや。今はやさしい仏のH、俺の仕えた頃は鬼のH、比べものにならん。」とのことだった。

H理事の退職が迫ったとき、「最後の十日間位は、ゆっくりなさって下さい。」と言ったら、「いやいや、給料を貰っている内は全力投球や。」と言われた。

会社創業期の初代広島営業所長であったH理事に、直接師事出来たことを幸せに思っている。改めて「お教えを胸に、頑張ります。」

新年会

研修センターの若手がH理事を囲んで、二・三ヶ月に一回、情報交換会をしてきた。ある年、H理事から「家を建て替えた、一度奈良で新年会をやらないか。」とお誘いをいただき、以来、奈良での新年会が恒例となった。

転出したメンバーも多かったが、この時ばかりは皆集まってきた。

毎年、大体十二時過ぎから六時頃まで、奥様の手作りのお節料理をいただいて徹底的に飲んだ。飲んでいる方は良いが、段取りをする奥様達は、本当に大変である。料理は最高で、ある人は「嫁を連れてきますので、お節の作り方を教えて下さい。」などと頼んでいた。

毎年、転勤した人や海外に行った人の近況とか、趣味や健康の話など、わいわいがやがやと会話を楽しんだ。

H理事が仲人をされたO社長やK専務は、家族の近況を報告した。

誰かが「何組位仲人をされたんですか。」と聞くと、「この前まで百五十組近いと思っていたけど数えてみたら百十組位だった。」

その数には驚いた。

皆、理事に仕事を教わったメンバーでもあり、仕事の思い出話、苦労話もつきない。

そうした時、奥様に「一杯いかがですか。」と誰かが勧めた。

料理や酒の世話で忙しい奥様が、「それでは一杯だけね。」とキューっと飲んで、「主人は仕事では本当に頑張ってきた。でも、娘の思春期にいたわけでなし、息子の受験期もほとんど出張で留守だった。家族も頑張ったと思いますよ。」と言われた。

誰かが「奥様、ご苦労さまでした。」と言って、皆が大拍手をした。

その後、しばらく静けさが訪れた。家庭を顧みなかった「企業戦士」達それぞれが、カミさんや子供達のことを考えた瞬間だった。

3　人事管理　〈一九八七年～〉

～企業は人、個を磨き個を活かす～

企画室

K研修センター所長に「総務人事本部に企画室が出来る。人材育成の経験を生かして、企画室で頑張ってくれ。」と言われ、十年間勤務した研修センターから転出した。営業現場から販促スタッフへ、研修スタッフを経て今回は人事スタッフへ、帰りたい現場がだんだん遠くなる。これでいいのかと思ったが、社命であった。

総務人事本部長のM専務は、時々役員室から出て本部の中を訳もなくウロウロする。前職が教員だったので「机間巡視」の癖がぬけないのだろうという人もいる。あるとき私の後ろに来て「おい、ゴミ」と声をかけた。人にゴミとはどういうことやと思ったが、床を見るとなるほど紙くずが落ちていた。拾ってくず籠に入れた。周りの人が、「専務が声をかけられた。巡回中にはめったにないことだ。君は気に入られたんだね。」と言った。

「おい、ゴミ」の一言でそれはないだろう、経験した職場風土とは随分違う。この中でやっていけるのかなと思ったのが、企画室着任の第一印象だった。

企画室に来たばかりのころは、専務は私の名前がなかなか出てこなかったようだ。「おい、あそこの腹を突き出して、タバコをよく吸う奴を呼んでくれ。」と言われたと秘書が笑いながら教えてくれた。

あるとき専務が言った。「アメリカでは、太ってタバコを吸う奴はセルフコントロールができないので管理職にしないそうだ。K君、ここが日本で良かったな。」

専務は、私以上に相当な肥満体だったが、禁煙を始めたところだった。真面目に聞くべきなのか、ユーモアとして笑うべきなのか対応に困ったが、「そうですね。ワッハッハ。」と答えて、以降も愛煙を続けている。

あいては誰や

この一年間、会社は役職者の資格手当をカットしてきた。

企画室の初仕事は、このカット解除についてご家族への連絡文を書くことだった。

案を作ってM専務に「これで出します。」と持っていった途端、「この文書の相手は誰や。」と言われた。「ご家族の皆さんです。」「ご家族って誰や。」「主に奥さんです。」

「君は営業におって、いつもお客さんの気持ちを大切にしてきたんとちゃうんか。」

「はあ。」「そんなら書き直せ。」言われる通り、人事も営業も顧客志向の基本は同じ、書き直したのが以下の文である。

○**原文**「謹啓、貴家には益々ご清栄のこととお慶び申し上げます。（略）これら本年度を底にとの方針のもと、全社一丸となって業績回復と新しいS電機の創造を積極的に図らなければならない時と言えます。このような時にあって、社員のリード役である役職者の方々の積極的な行動を期待し、減額措置を解除致しました。どうかご家族の皆様におかれましても、現下の厳しい環境とグループの置かれている立場を十分にご覧察の上、一層のご支援ご協力をお願い申し上げます。」

○訂正文「謹啓、ご家族の皆様には、お健やかにお過ごしのことと存じます。（略）S電機は全社員が、心を合わせて、業績の回復を目指し、新しいS電機の創造に取り組んでおります。その中にあって、役職者の方々には、それぞれのご担当分野で、社員を力強くリードしていただかなくてはなりません。こうした趣旨から、資格手当の減額を解除することと致しました。この一年間ご家族の皆様には、暖かいご理解とご協力を戴き、本当にありがとうございました。ここに厚く御礼申し上げ、資格手当減額の解除についてのご報告と致します。」

夕陽を見てこい

年頭の社内報に総務人事本部長のメッセージを載せるという。

本部長のM専務曰く「しょうもないことを頼みに来る、この忙しいのに。」しばらくして「君、代わりに書いといてくれ、社員の元気の出る内容で。」締め切りは三日後とのことだった。「はい。」と言ったが、始めてみてトップの立場で物を捉えることが如何に難しいことかに気付いた。

本部長方針を読み返し、語録を拾い、歴年の業界トップの年頭メッセージなども参考に骨子を作り、社員にわかるように文章にしてみたが、どうにも気に入らない。

書き直し書き直し、周囲にも相談し、提出の前日は遂に徹夜をした。

翌朝「こんな調子でいかがでしょうか。」と持って行ったら、チラッと見て「ウマイ、ウマイ。これで出しといてくれ。」でおしまい。

積もった本来業務にかかり、夕方になった。

専務が役員室から出てきて「まだしょうもない仕事をしとるんか。今日は残業せんでええぞ。」続けて「夕陽を見てこい。今日は特別綺麗だぞ。」

ふと窓辺に寄ってみると、見事な夕陽が沈もうとしていた。

専務特有の心遣いを感じ、マネージメントの基本を考えた一瞬であった。

襟度を持て

ｉ企画室長から、人事制度の改定内容や労使交渉結果を社内に開示する「人事通信」の担当をせよとの指示があった。

原稿を書く度に訂正が入り、用紙が真っ赤になった。

時には近所のホテルで徹夜して書き上げた。

こんなもんだろうと思って見て貰うと、やっぱり原稿は真っ赤になった。

三ヶ月程すると朱が入るパターンやポイントが何となくわかってきた。

あるとき原稿を書き上げて持って行くと、「君なあ。」またかと思ったら、「ここを改行したらどうや。それで出しとけ。」と言われた。心の中で万歳をした。

以来ほとんど訂正がなかった。あるとき一時間程でサラッと書き上げて「これで出しときます。」と言ったら、チラッと見て「手を抜いたらあかん。」と言われた。

しばらく経って「役職者の人事管理制度要綱」の改訂案を出せとの指示があった。「キーワードは。」と問うと「したたかで、しなやかな役職者を生み出す制度や。」「評価のポイントは。」に対しては「やる気と出来映え。」まるで禅問答のようだと思ったが、制度を組み立てていくと確かに的を射た示唆であった。

あるとき「企画の評価基準は」と聞くと「品質・コスト・納期」と返ってきた。

またあるとき「スタッフの心構え」を尋ねると「権力・権限・権威」の中で、「権威」を持てと言われた。誰も「権力」を望んではいけない。スタッフは専門職としての「権威」を持って、ラインの長が「権限」を行使する支援をしなさい。

更にあるとき「襟度を持て」と言われた。

国語辞典を引くと「心の広さ、人を受け入れる度量」と書いてあった。

I室長の話では、襟度には「襟を正す」との意もあるそうだ。

「相手に迎合しない、媚びない。自分に恥じない思考と行動が一方の襟度である。」

いつも指示は明快で示唆に富んでいた。

「仕事に厳しく、人に優しく」を実践されたI室長と一緒に仕事をして、仕事の取り組み姿勢をご教示いただいたと感謝している。

ゴルフの珍プレー

労使のゴルフコンペがあり、労組本部のＨ委員長と同じ組で回った。

何ホール目かに、二人の打球が同じガードバンカーに捕まった。

グリーンの見えないアゴの高いバンカーである。

まず私がと、フェースを開いて教科書通りに打つと、ボールは見事に高く上がった。

「やった」と思ったら、ボールは真上に上がり、元の位置にストンと落ちてきた。

プッと吹き出したら、入れ歯が口から飛び出した。

それを見て、Ｈさんもプッと吹き出した。途端に入れ歯がポトッと落ちた。

二人とも、素早く拾い上げ口に入れたが、口の中が砂でジャリジャリとして気持ちが悪い。次のホールへの順路で「茶店はまだかかな。」と、どちらからともなく言った。

「水分補給ですね、はいどうぞ。」とキャディさんが麦茶をくれた。

「水分より水道がほしいんだよな。」と内心思った。

少したって、ある会合でH委員長と会ったとき、同席者が「この前のゴルフはどうでした。」と二人に聞いてきた。

お互いにスコアについては、あまり語りたくない性質である。

「順調でしたね、何しろハーフ二時間十分位でした。」と私が言うと、Hさんも「楽しかったね、何しろ天気は最高、同伴者も最高。」と言いながら笑い出した。

バンカーでの出来事は、しばらくの間、二人だけの秘密だった。

H委員長は常々、労使は「ツインタワー」でありたいと話された。

ツインタワーは、二つのビルが厳然と対峙しながら、お互いに影響し合って見事に調和している。言い得て妙である。

本社本部間、支部事業場間、いずれの労使関係もかくありたいものだと思った。

ドイツのワイン

ドイツに出張した。

ミュンヘンでの欧州と中東の駐在員の昇格試験が主な仕事だが、S人事部長の配慮で、休日を挟んで主要生産工場を見学して帰ることになった。

三日間、三階層の試験を終えて、会場を提供いただいた販売会社の駐在員七人と夕食を共にした。最初はヒットラーが旗揚げしたという公会堂跡のビアホールに行った。

我々が店に入ると、ポルカを演奏していたミニバンドが、突然日本の曲を吹いて歓迎してくれた。曲は何と「軍艦マーチ」だった。

「明日は休日、ドイツワインの利き酒をしよう。」と誰かが言ってパブに行った。

南ドイツ・北ドイツ、赤・白・ロゼと皆で何本のワインを空けただろうか。大満足でその日新たにチェックインしたホテルに帰着した。

目覚めると何か様子がおかしい。前を見るとエレベータがある。どうやら廊下で寝てしまったらしい。廊下の向こうを見ると一つだけ部屋の扉が開いていた。中を覗くと自分の部屋だった。

「良かった、まずシャワーでも」と思ったら、部屋の電話が鳴った。「お迎えに来ました。」アテンド役の駐在員からだった。「ちょうど着替えたところです。」着替えなくても正装のまま寝ていたのだ。

工場のあるネルトリンゲンへの移動を兼ねてロマンチック街道を北上した。

「どこか見たいところはありますか。」と言われ、即座に「ノイシュバンシュタイン城。」と答えた。「ラインの古城」が好きで、取りわけ姿の美しいその城は是非見たいと思っていた。城の上がり口についたところで、「歩きますか、馬車にしますか。」と駐在員にきかれた。

「止めとこか。」「えっ、一番見たかったんでしょう。」

しかし、始まった胸焼けに急に馬糞の臭いが襲ってきてどうしようもない。

結局、ふもとのカフェでコーヒーを飲み、お城は断念した。

以来、ドイツへ行く人には「ワインの飲み過ぎ」に注意するよう話している。

人事って何や

総務人事本部の機能再編により、総務本部と人事本部がスタートし、人事本部長にT副社長が就任された。

副社長は特機営業本部長・営業本部長・東京支社長などを歴任された「営業の総帥」であり、管理畑以外の人事本部長就任は、会社設立以来初めてとのことだった。

副社長は、着任早々、本部のメンバーに次々と「人事って何や。」と問いかけた。それぞれの立場でコメントしたが、「担当部署としての見解はよく解った。ただ、経営戦略と人事戦略の連鎖、事業場と一体となった制度運用の両面が、今後の大きな課題だと感じた。」がT副社長の感想であった。

I企画室長から、これを「人事がトップの意を体さず、事業場の理解も得られない。」ことへの懸念と受け止め、制度を抜本的に見直そうとの提起があった。

早速、企画・人事・労政・採用の各部の委員が、塩屋で合宿をして対案を練った。先ず、経営戦略を念頭に人事の課題を整理して「人事戦略マップ」をまとめ、次いで制度構築の指針となる「人事理念」と「求める人材像」を検討した。

その後、人事サイクルに対応した全制度を見直し、事業場と徹底した意見交換を行って「人事管理制度要綱」を改定した。現場の管理者には、制度の趣旨と運用のポイントを記した「人事管理ハンドブック」を作成配布して、一連の行程を終えた。

○《人事理念》企業は人、個を磨き個を活かす

《求める人材像》世界の人々から愛され信頼される国際人

○専門能力を高め、オリジナリティを追求する人

○夢とロマンを持ち、改革に挑戦する人

○文化とスポーツを愛し、豊かな人間性を磨く人

トップへの提言

○「企業は常に、安定した経営のための努力を行わなければならない。また一方では、一旦経営危機に直面した場合も、各部門が的確に対応できるようにしておくことが肝要である。ここでは現在が当社にとって経営危機であるとの前提で、人事部門として実施すべき『抜本的経営改革』について、推進施策の内容と手順を述べる。（略）後段では『雇用調整・最終段階のシナリオ』として、整理解雇に至るまでの種々の施策についても紹介する。経営として早期に決断いただきたいことは『どのフェイズまで実施するか』である。」

これは、Ｉ企画室長から、「トップに提言したい、一週間でまとめてくれ。」と言われて提出した「経営改革提言書」の前文の要約である。

この時のＩ企画室長の指示は「別室を用意する。研究開発本部のＡ人事課長とペアを組んでマル秘で作業を進めてくれ。」とのことだった。

二人でまず提言のイメージをすり合わせ、提言項目と作業手順を決めた。

それは、関連情報の収集、課題の整理、各提言項目への割付け、提言試案の作成、三日を残して見直し・味付けをして完成といった流れだった。

私の作業は早朝から深夜までといったパターンだが、彼の作業は全く違っていた。一旦やり始めて脂が乗ったら、そのパーツが完成するまでは夜も昼もない。

たまに「ちょっと午睡してきまっさ。」と堂々と昼寝に立つのは驚いた。

共同作業を終えてＡさんの仕事ぶりを振り返るとき、正に人事制度の課題である「時間重視より成果重視」の裁量労働制の有り様を、目の当たりにさせていただいたと感謝している。

なお、この提言についてはトップから特段のコメントもなく、なかったものとして終わった。今後も、この経営危機に際しての提言書が、二度と繙かれることがないことを願っている。

エレベータの一言

人事本部長のT副社長が社長に就任され、後任にM専務が着任された。

この年の人事異動は久々に大規模なものだった。

私も上司から「採用を担当してくれ。」といわれた。

初仕事は採用数の上申だった。過去三年間、全社で現業職を含めると二千五百、二千五百、二千七百五十名を採用してきたが、バブルがはじけていた。

この年の経営ニーズは限りなく零に近い採用抑制だった。

首都圏以東採用担当のK部長や本社採用担当の部課長に寄って貰い、検討を進めた。

理系の推薦校とのパイプは何としても繋いでおきたい。

また、営業現場や製造現場からも相当数の採用要望があった。

さらに、T副社長ご着任時に答申した「人事戦略マップ」も頭に残っていた。

そこには、「経営戦略とリンクした要員計画」をベースに「各事業場の事業規模に応じた適正要員の確保」をはかる、との記述があった。

当時、T副社長からは、「好調時に大量、不振時には抑制と言ったノコギリ型採用を改め、中長期的な視野で定数採用をせよ。」との指示があった。

最終、どの職種に、どんな学生を、どれだけ採るか、意志決定ができず悩んでいた。そんなとき、T新社長と同じエレベータに乗り合わせた。T社長が私の顔をみて、「おいK君、優秀な人材を、選りすぐって採るべき時節になったな。」と言われた。

この一言でふっきれた。時節がら、経営ニーズにミートしよう。

結果、現業職の採用は全て見合わせ、技術系二百十名、営業系五十名の基幹社員、計二百六十名に絞って上申し、決済された。

事業場の了解をもとめ、手分けして二百を越える推薦校へのお詫び訪問を実施した。キーワードは、「時節が来ましたら、必ず第一番に求人に伺います。」であった。

4　製造事業所　〈一九九二年～〉

～出会い、ふれ合い、自他共栄～

村長をやれ

人事本部長のM専務に呼ばれた。岐阜事業所への転勤の話だった。営業から管理の仕事をこなしてきたが、技術・製造は門外漢である。今更工場はないだろう、出来ればお断りしたいと思ったとき、専務から次のような話があった。

「岐阜は研究開発本部・半導体事業本部・情報機器事業本部の出先の集合体である。今度それを束ねる拠点責任者が交代し、M取締役が就任する。今度の城主のM取締役は、半導体の販売等非常に多忙であり、本部との参勤交代もあって不在がちである。三本部の出城にはそれぞれに代官がおり、三者三様である。今必要なのは、それらを支える村人をまとめる村長である。君がやってくれ。」

「わっかりました。」村長という言葉が何故かフィットして即答した。と同時に、未知の事業所で頑張ろうという気持ちが湧いてきた。

岐阜管理センターに着任した。

センターの主な仕事は、次のようなものであった。
一、事業所における全社課題・政策の推進
二、分社の経営支援と共通管理のコーディネート
三、地域社会・官公庁・労組等の社外との共生
地域渉外としては、中部地区・岐阜県・西濃地区・安八町などの関係五十二団体の役員・委員としてのお付き合いがあるという。

中に、漁協の副組合長職があった。「海のない岐阜で漁協ですか。」とM総務部長に聞くと「事業所の横に川が流れているでしょう。季節には鯉が集団で上ります。」鯉の漁でもするのかと思ったら「事業所が川を汚染する恐れが生じたときに、情報交換が必要ですから。」と言う。「なるほど、そうでっか。」

地域との関わりをしっかり勉強しなければと思った。

「上忍」と「中忍」

岐阜事業所に赴任して三日目の夜遅く、借り上げ社宅に電話がかかってきた。

「あっ所長ですか、管理センターのKです。近くで飲んでますが、ちょっと来てくれませんか。」予約もないのに、やめといたろかと思ったが、着替えて行った。

スナック「由美」には、各分社総務の叩き上げの係長さん仲間がたむろしていた。

「見てみい、俺が呼んだら所長はちゃんと来てくれはるやろ。」と、Kさんが言った。

他のメンバーも、河内のオッサンの歌ではないが、「よう来たのうワレ。」といった態度で大歓迎してくれた。来て良かったと思い、夜明け近くまで飲んだ。

この縁でこの後、Kさんをはじめ一緒に飲んだ係長、いわゆるベテラン軍曹さん達が何かにつけて、支えてくれた。

「あきまへんで、あの挨拶は。事業所の実態がわかってないと言われまっせ。」

経営職でもなかなか言えない事を、ズバズバ直言してくれた。少し無理かなという指示に対しても、「たまりまへんなあ。」と言いながら、即実行してくれた。

あるとき、珍しい大雪となり、四十二センチの積雪があった。

定時に出勤すると、何人かが雪掻きをしており、正門まで綺麗な道が出来ていた。

Kさんは、雪を予測して事業所の近くのTさんの家に泊まり、一緒に悠々と早出をして雪掻きをしてくれていた。

何人かは、バスでの通勤を諦め、早出をして歩いて定時に出勤してきた。

何人かは、この雪ではねえ、と当然の如く遅刻した。

この日の出勤は、早出組・定時組・遅刻組に三分された。

忍者にも上忍・中忍・下忍がある。

このときのKさん達は正に上忍であり、定時出勤の私は中忍であった。

職場の上忍、Kさんに多くの教えを受けたことを感謝している。

「父親」と「母親」

岐阜事業所に赴任して四日目に労組が歓迎会をしてくれた。

I委員長の最初の言葉が印象的であった。

「会社は『父親』で子供を『社員』と呼び、労組は『母親』で子供を『組合員』と呼ぶが、親が子を想う気持ちは変わらない。『父親』と『母親』はそれぞれの役割があり、たまには夫婦喧嘩もある。我々も激論を交わすこともある。しかし一家繁栄が大前提です。夫婦相和して、共に力を尽くしましょう。」

大いに賛同してしっかりと握手を交わした。

T副委員長が言った。「半導体のシフトですが、今の三班三交替を四班にしてハーフ勤務で補おうと思うんですが。」さっぱりわからない。

「えっ、ああそうでした。所長はレンソウ職場は初めてでしたね。」

「レンソウって何でしたっけ。」「ハッハッハ、連続操業ですよ。」

製造について、しっかり勉強しなければと思った。

「現場百遍」Y人事部長のガイドで次々と分社を回った。理解が深まると、異文化が自文化に変わっていく。事業所の一員として何とか役割を果たしたいと思った。

I委員長は明るくてユーモアがある。

あるとき「みたらし団子は何故そういうか知っていますか。」「どうしてですか。」「みたらし団子は一串五個刺してある。一つくわえて、あっ美味いと見たら残り四個。見たら四、みたらしなんですね。ワッハッハ。」

またあるときゴルフに行った。「二日酔いで球が二つに見える。」と言ったら「そんなときは迎え酒をキューっとやる。球が三つになったら空かさず真ん中の球を打つんです。すぐに打たないと球が四つになる。そうなると、もうお手上げです。」

仕事がハードであればあるほど、ユーモアが心を和ませる。

裸の付き合い

「人事フォーラム」を月一回開催することにして、各分社の若手人事スタッフと、人事制度のねらいやその運用方法などについて意見交換を始めた。

意外なことに彼らは「本社の部長は、人事部長以外は会ったことがない。」と言う。

隔月に本社各部長を呼んで、部の理念や政策について語ってもらうことにした。

そういうことならと、経営戦略室長・財務部長・広報室長・宣伝部長などが、次々と岐阜に足を運んでいただいた。

後泊が可能な部長には「裸の付き合いをしましょう。」と言って「大垣サウナ」に同道し、皆で一汗流した後、喉を潤しながら第二部の情報交換をした。

岐阜の「裸の付き合い」は着任前から聞いていたが、確かに打ち解ける。

その効果もあってか、本社と現場の距離が随分近くなったと思った。

「大垣サウナ」には常連客が多い。地元の名士ともよく遭遇するが、ネクタイをとって同じユニホームに着替えると、意外と気さくに話せるのが嬉しい。

たまに一人で行くと、決まって県会議長のN先生とお会いする。あるとき、N先生の紹介記事に「趣味はゴルフとサウナ」と載っていた。さもありなん。

一階がロッカーと浴室で麻雀ルームも三室ある。二階は仮眠室とマッサージルーム、ラウンジと座敷があり、確かにどのスペースでも、ゆっくりとくつろげる。

二階のM料理長に、おまかせ料理を頼んでおくと、七輪で松茸を焼いてくれたり、鮟鱇を吊し切りしたり、大きなマグロの兜がでて来たり、いつも楽しい演出がある。

労組のI委員長と、四階の社長のご自宅でご馳走になり、気がついたら仏間に泊めて戴いていたこともあった。

温厚なO社長と明るいママの人柄が、店の魅力の原点だろうか。

「大垣サウナ」は、私にとっての「心のオアシス」である。

頭を垂れる

元支部書記長のKさんが半導体の製造会社の管理部長になり、労使の有志で昇進祝いの小宴をやった。会場は「助六中店」、蒸籠蒸しと全国の銘酒を売り物にしている。おめでたい席は盛り上がり大いに飲んだ。

Kさんがかなり酩酊して言った。

「私の力から言うと、本当はもっと前に昇進すべきだった。」一瞬、場が静まった。

その内Kさんが、こっくりこっくりと居眠りを始めた。

I委員長がT副委員長に言った。

「その稲穂をKさんの胸ポケットに刺してあげて。」

一升瓶にこの米で作りましたと稲穂が付いていた。

Kさんは稲穂を胸に前のめりで眠り続けていた。

おもむろにIさんが言った、「実るほど頭を垂れる稲穂かな。」皆が大笑いした。

何日か経って、半導体事業本部の労使協議会があった。

事業本部傘下の分社が次々と事業概況を説明していた。

正面のI委員長がメモを書いて隣のT副委員長に渡した。Tさんは笑いをこらえて、そのメモを隣のS書記長に手渡した。Sさんはこらえきれずにブッと吹きだした。

協議会が終わった後、Sさんに「あのメモは何でしたんや。協議会の最中に笑うのは不謹慎ですよ。」と言ったら、「所長だけにお見せしますね。」と私にメモを見せてくれた。

そこには「K部長が今日も頭を垂れている。」と書かれていた。

町議の選挙

事業所労組推薦議員のTさんが安八町議選に三期目の挑戦をすることになった。

I委員長から「所長も事業所の父親として、頻繁に選挙事務所に顔を出してほしい。」と言われた。この機会に選挙について勉強させてもらおうと思った。

出陣式に備えて、事業所の五ブロックがそれぞれ激励の準備をしていた。

本社ブロックの選対委員は健保岐阜支部のY事務長であった。

当て職で健保の常務理事を兼ねていたのでYさんには指示がし易い。「どうせやるなら、皆が感動するような激励をしてほしい。」と言っておいた。

出陣式が始まり、各ブロックが様々にエールを送った。

本社ブロックの番になった。

和太鼓が五つ並べられ、その前に、はっぴ・鉢巻き・素股に白足袋、いわゆるお祭りスタイルの女子社員五人がバチを持って並んだ。

そこにY事務長が胴着・袴姿で、必勝の鉢巻きをして登場した。

「まずは、三・三・七拍子から。」日の丸の扇子を両手にリードを始めた。

ドドドン　ドドドン　ドドドンドーン。いつこんな段取りをしたのだろうか。

「次に、フレーフレーT、頑張れ頑張れTをコールする。まずは練習から。」

「そこの後ろ、声が小さい。前の三人、ニタニタするな。」「ようし、始める。」

普段温厚なYさんが、そこらの大学の応援団長より立派に見えた。

「ご苦労さん、感動した。」「どうせやるなら、というご指示でしたから。」

公示から選挙戦が終わるまでI委員長と一緒に、事務所開き、来訪者・支援者の対応、届け出順や立会人の抽選、七つ道具の受け取り、選挙カーの巡回、開票場、当選挨拶や祝賀会などに立ち会った。

何もかも新鮮だった。良い経験をさせてもらったと思った。

T候補はトップ当選を果たし、町議会で副議長に選出された。

大震災

管理センターのKさんが言った。「所長、神戸がえらいことになってまっせ。」テレビに最初に映ったのが、岐阜に転勤して以来空き屋にしているマンションの、線路を挟んだ向かい側の青木商店街の火事だった。阪神・淡路大震災である。神戸の研修センターに対策本部が置かれた。岐阜で何が出来るか。コンロを届けることにした。

日曜日だった。「手元にある金は。」「六十万少しです。」「それしかないの。」「小口資金は百万までと指示したでしょう。」「顔の利く奴が行って、ツケで買え。」近隣の全てのコンロ取扱店を回り、四時間程の間に携帯コンロ二百六十台、ボンベ二千二百本が集まった。トラックが出発し、二日かかって神戸にたどり着いた。

久々に音響会社のK社長が来岐した。K社長の会社は再編中で、ヨーロッパやアジアの製造子会社のリストラを推進していた。「家を爆破してやる」といった脅迫状が届いていたそうだ。明け方にドーンという音が響いて、グラグラっと揺れがきた。「やりやがったな。」てっきり爆弾が破裂したと思ったら、震災だったと言う。「大変な目に遭ったよ。海寄りの親戚の家は殆ど崩壊して、うちの家で十数人が合宿した。その内、二人は遺体だった。家も狭いのでその二人には庭に居て貰った。」お茶を運んできた秘書のSさんが立ちすくんだ。K社長は、それから一時間余り堰を切ったように震災の体験を語った。言葉をなくして、頷くだけしかなかった。

二ヶ月程経ってK社長が事業所に来た。「いかなごを釘煮して、近所に配った。これはお裾分けです。この前は長時間、話を聞いてくれてありがとう。」お見舞いも失念していたのに、お土産を頂戴して恐縮した。コンロを集めてくれた人に分配した。

それからも沢山の被災された人に会った。

辛い出来事は思い出したくもないという人には、聞いてはいけない。誰かに話さずにはいられない人の話は、一所懸命に拝聴しなければいけないと思った。

「五円」と「ご縁」

梅田の居酒屋でリボンを結んだピカピカの五円玉の釣りをくれる店がある。明朗会計で値付けは全て五円単位。例えば、付きだし二八五円、ビール四七五円、ヒレ肉しょうが焼き九八五円という具合だ。

釣り銭にたまたま五円が混じる時、「このご縁を大切に。」などという店は多いが、どうせやるなら値付けからというこだわりが嬉しい。

末尾五円の値札が並び、店内はまさに「ゴエン」でいっぱいだ。

因みに、この店の釣り銭はお札・硬貨ともに新しく、食べ物屋らしい清潔さの演出が窺える。繁盛する店はどこかが違う。

その場だけの「たまたまサービス」と、練り上げた「こだわりサービス」の違いは限りなく大きい。

顧客サービスの気持ちをどう行動に表すかは、どんな業種、職種にあっても大きな課題である。
サービスは大きく五つに大別される。
金銭サービス（値引き・安売り）
物品サービス（おまけつき・抱き合わせ）
行動サービス（思考即行動・現場百遍）
情報サービス（役立つ情報の提供・プロの助言）
精神サービス（好意と信頼の源・感性対応）
金銭・物品サービスで勝負してはいけない。行動・情報・精神の三つのサービスを徹底して心懸けたい。
我々の管理センターが三つのサービスから、一人一つのテーマを決め、徹底してやり抜く「プラスワンサービス運動」を展開している所以である。

ハーモニー

学生の時、音楽史を履修した。そのとき心に残っているのは、音楽のハーモニー起源説である。

音楽には様々なジャンルがあり、その起源もまた多岐に亘っている。大別すると、太鼓や足踏み踊りなどの「リズム」を起源とするもの、草笛や祝詞などの「メロディ」から始まったもの、更には少しイメージしにくいが、「ハーモニー」を起源とするものもあると教わった。

例えば、村人が一斉に声を上げ、山々に木霊する響きが美しかった年は豊作になると言い伝える部族が台湾にいるそうだが、こうした集団発声（ハーモニー）から始まった音楽もあると言われれば頷ける。

自分の常識になかったハーモニー起源説を聞き、とても得をしたような気がした。

素晴らしいハーモニーは、力量のあるメンバーが補完し合って役割を果たすことから生まれる。

岐阜事業所は、研究開発本部の二研究所・情報機器事業本部の三社・半導体事業本部の三社、本社管理部門関連の四社など、たくさんの分社の集合体である。

この事業所をオーケストラとすれば、ソリストとしても超一流の分社メンバーが、コンダクターである拠点責任者の下で美しいハーモニーを奏で、地域社会やユーザーといった聴衆を魅了できれば最高である。

オーケストラが、多くの観衆を集め、演奏を聴いていただくためには、宣伝や営業、設営担当や会場係などのスタッフの役割もまた重要である。

我々、事業所の管理部門も良き楽団スタッフとして、拍手に包まれた演奏会開催の一翼を担い、役割を果たせればと念願している。

「術」と「道」

事業所に全社の剣士を招聘して「剣道大会」を行うことになった。開会挨拶を推考していたとき、どこかで剣道の語の入った文を読んだことを思い出した。それは、大学で心理を教えた岳父の記した以下の一文である。

○「剣術」とも言えば「剣道」とも言う。「柔術」とも言えば「柔道」とも呼ぶ。両者は決して一つではない。「柔術」から脱却して「柔道」が確立するまでは幾多の紆余曲折があったと聞く。武芸は、技術だけの問題ではなく、心の問題であり「術」から「道」への変遷が、それを物語っている。

「茶道」「華道」「書道」の語はあるが、「茶術」「華術」「書術」の語はない。古来我国では、「術」としてより「道」と捉え、心の修養に直結していた趣がある。

全て「芸道」には歩むべき道があってそこから勝手にそれることは許されない。わがままが許されないところに心の修養に繋がる所以があるのだろう。「教育技術」という語がある。一体教育は技術に終始するものだろうか。技術としての教育ももちろん重要である。けれども技術以上の教育の「道」こそ最も大切にされ、追求されるべきではなかろうか。

こうした一文を読み返してみると、大変示唆に富んでいる。また教育を、営業や製造そして管理といった言葉に置き換えてみると、ずっと身近なものとして捉えられる。即ち「営業技術」「製造技術」「管理技術」といった技術のみに傾注するのではなく、それぞれの「道」について思考することが肝要である

我々が「変革」を期し、分社に役立つ組織へと「転換」していく上での原点もここにあると考えている。

剣道大会（大会会長としての開会挨拶）

○剣道岐阜大会の開催にあたり、一言ご挨拶申し上げます。

本剣道大会はご案内の通り、一昨年に長年の悲願であった大会を首都圏でスタートして以来、阪神大震災後に明るい灯をともそうと、近畿で開催された昨年の第二回大会を経て、今回の岐阜で第三回を数えております。「港は入り船出船で賑わう」と言いますが、私共は、岐阜事業所を港とすれば、多くの方々にご来岐戴くことが事業所繁栄の証と心得ており、そうした意味からも、この栄えある大会を岐阜で開催させて戴くことは、限りない喜びとするところです。

ご多忙の中ご出席賜りましたご来賓の諸先生に、厚く御礼申し上げますと共に、全国からご参集戴いた選手の方々に心から歓迎の意を表したいと思います。

人と人との関わりは「出会い」に始まり、「触れ合い」「競い合い」「助け合い」

を重ねて深まっていきますが、ここに集まった剣士の皆さんにとって、この大会がそうした友情の絆をより強める場となればと念願する次第です。

本大会を全員の力で、やって良かったと言える悔いのない大会にしたいと思います。そのためにも、今日の錬成試合では、どうか日々磨いてこられた技と鍛錬された精神を遺憾なく発揮され、各人が、自ら納得出来る素晴らしい剣の道を披露されることを期待してやみません。最後に本大会の設営から運営に関わって戴いた関係者各位の献身的なご尽力に対しまして、心から御礼を申し上げますと共に、参加各剣道部の更なるご繁栄を祈念して、開会のご挨拶とさせて戴きます。

大会後の納会で千葉周作の言葉を聞いた。「形と唱ふるものは理にして、しない打は業なれば、車の両輪、鳥の両翼の如し、故に理業兼備の修行こそ切に望む処なれ。」「理業兼備」が心に残った。

桃太郎と春風

今の不況は桃太郎不況と言われている。

童話の桃太郎は強かった。何故かというと、三匹の家来が、サルの企画力・キジの情報力・イヌの行動力の三つの力を合わせて支えたからだと聞いた。

申・酉・戌の三年で不況の鬼退治を済ませて、亥年を迎えようと話してきた。

今、仕上げの戌年を終えて振り返ると、事業所全員の努力により、二社が黒字会社となり、他の会社もそれぞれ改善の成果が認められ、明るい兆しが見えてきた。

言い換えると、「辛抱は朝日待つ間の笹の雪」というが、笹が春の日を浴びて雪を払いのけ成長するように、三年間の辛抱が実を結んで、事業所の各分社が成果を上げ、更に大きな成長が期待できる。心待ちにしていた春風が吹いてきたと思った時、大阪転勤の内示があり、岐阜事業所との別れの時が来た。

「会うは別れの始め」の通り、様々な別れがある。

拠点責任者のM取締役が入院・闘病の末、他界された。「何時までもあると思うな親と金」と言うが、「何時までも一緒と思うな良い上司」を痛感し、改めて「一期一会」の大切さを思った。

かつて、「村長をやれ」と言われたM常勤顧問・元専務も勇退の時をむかえられた。

「失礼します。M常勤顧問のお人柄を一言で言えば、春風のような方だと言えると思います。寒い冬が終わって春風が吹くと、さあやるぞという気持ちになります。長い間仕事をしていればスランプの時もあります。そうしたときにタイミングよく一言いただくことが多く、お声を掛けていただくと一遍に元気が出たといったことがしばしばありました。受け持たれた部門は常に風通しの良い、活気に満ちた組織になったと受け止めております。ご教導を心に留めて、皆で前進する組織作りに微力を傾けたいと思います。長い間本当にありがとうございました。」

カーネギーホール

ビルオーナーのYさん、労組のSさん、Tさんと一緒に岐阜関でゴルフをした。ハンディは、Yさんが四でクラチャンの経験もある。Sさんはシングル入り目前、Tさんは一八、私はハンディ不詳である。

それぞれがYさんにアドバイスを求めた。

Sさんには「いつもより払っていませんか。もう少し打ち込む意識で。」

Tさんには「左肩が少し開いていませんか。スタンスもスクエアを心懸けて。」

的を射た助言である。私もさっそくアドバイスをお願いした。

「Kさんにはコメントしないでおきましょう。」どうしてかと聞くと、「今、何を言っても、首吊りをしようとしている人の足を引っ張るようなものですから。」

「言ってくれるねえ。」笑っている場合ではないが、皆と一緒に大笑いした。

Yさんは自ビルで、奥様のママと二人で酒房「あんどん」を経営している。私と大学の同窓でもある。

あるとき、大阪へ転勤になる話をした。ママが「それでは送別に三味線でも弾きましょう。」と言った。新内か都々逸でも聴かせてくれるのかなと思った。

ママが三味線を抱えて帰ってきた。津軽三味線だった。

店のコーナーに椅子を並べ、ミニコンサートの会場が出来上がった。ママが背筋を伸ばして、ベーンベーンと音合わせをする。

その姿を見て何となく尋常ではないなと思った。

演奏が始まった。童謡を現代風にアレンジしての曲弾きだった。感動した。三曲程聴かせていただき、ふと尋ねてみた。「どこかで演奏会でもなさっているんですか。」

「はい、去年はカーネギーホールで弾かせていただきました。」

知らないことは恐ろしい。私にとって最高の送別コンサートだった。

「お礼」と「お願い」（異動に際して社内報へ寄稿）

○**「地域」**に支えられて、岐阜事業所が成り立ち、**「分社」**に寄与して、管理センターが成り立ち、**「職場」**で補完し合って、自己が成り立つ。

そうした発想を原点とする「自他共栄」を管理センターの理念としてから三年が過ぎようとしている。その間、昨年は「活力善用」を掲げて業務の改革を期し、本年度は「大観実践」を方針として行動の変容に取り組んできた。

最近、地域・労組・分社など、ご支援をいただいた皆様から「管理センターは本当に変わった。」とのお言葉をいただくにつけ、「絶ゆまざる歩み恐ろしかたつむり」の句ではないが、「皆で頑張ってきて良かった。」と話し合った次第である。

この度、社命により本社管理センターへ異動となったが、今、岐阜で「出会い」「触れ合い」「助け合い」をいただいた方々への感謝の気持ちで一杯であり、様々なご教導は終生忘れず、心の糧としたいと思っている。

新任務においても、変わらぬご愛顧をいただくよう、心からお願いしたい。

今の事業所を花壇に例えれば、春風が吹いて美しい花が綻び、これから花開く蕾も一杯である。

この花壇に大輪の花を咲かせようと、各部門が懸命にご努力いただいており、管理部門においても、新たな役割が求められている。

そうした中でスタートした岐阜管理センターのI所長の新体制に対して、関係各位のご理解とご支援を切にお願いし、転任のご挨拶と致したい。

事業所の社内報・GAO（元気で・明るく・面白い、岐阜県・安八町・大森地区）のコラム「トップ雑感」に、この一文を寄稿して、守口本社に転出した。

5　総務と渉外　〈一九九五年～〉

～変革専心、私たちは変わります～

何だ猿か

本社・東京・群馬・大東・岐阜の管理センター所長がそれぞれ交代した。五人で顔合わせをして、夕食を共にした。岐阜のI所長が、群馬のT所長に言った。「群馬の接待交際費の使い方はすごいらしいね。」

群馬のTさんが私の前に来て、「Iさんの歳はいくつだ。」と聞いた。普通歳はいくつだとわざわざ聞くのは、気に入らないということだ。私が「彼は十二月の申。」と言うと、「そうか、俺も申だけど二月の早生まれなんだよね。」と大きな声で言った。

それを聞いたIさんが「何や、学年は一級先輩やないの。失礼しました。」と言った。「いやいや、先輩という程でもないよ。」とTさんの顔が和んだ。

聞いていた大東のS所長が「俺も六月の申や。」と言う。私も十月の申だと言った。「何だ、四人とも申か。」皆、急に打ち解けて和やかに飲んだ。

年長の東京のT所長が、ニコニコとお猿さん達に酌をしてくれた。

本社管理センターには名古屋、広島、博多に地区事務所がある。

広島のH所長が未、博多のM所長が申、名古屋のN所長が酉と、こちらも同年輩で、お互いに持ち味は違うが、それぞれが地区になくてはならない存在である。

三事務所長共、持ち歌を歌うと聞き惚れてしまう。

特にNさんの「哀愁列車」は素晴らしい。「惚〜れえて〜」と発声しただけで、店全体が静かになる。Mさんは勿論「無法松の一生」、仲間から「高い月謝を払ったね。」と言われる。Hさんは「大事な人だから」を広島弁で歌う。「あなたは〜一番〜大事な大事な人だから〜」と歌いながら皆と握手をして回るので、好感度は一番だ。

「みんな、うまいねえ。」といったら、Hさんに「所長、そんなことは当たり前じゃけえ、褒めるときは仕事を褒めにゃあ。」と言われた。

五郎ちゃん

管理センターの会議の後で本社・大東・東京の三所長でよく飲みに行った。

東京の新所長になったOさんの歌は素晴らしい。特に「ノラ」が見事だ。

大東のSさんの歌もなかなかである。孫が出来たので「孫」をよく歌う。

新しい店ではSさんが三人を紹介することが多い。

「彼はOさん、歌はプロ。俺がS、歌はセミプロ。彼はKさん、歌は素人。」

「普通は自分を最後に紹介するんじゃないの。」「歌で言うとそういう順になる。」

残念ながら、ゴルフの腕前もその順である。

Oさんは同じクラブを二セット持って交互に使うらしい。Sさんは上背があり、素晴らしい飛距離を誇っている。ここでも、プロ・セミプロ・素人の順は一緒である。

「仕事はどうかな。」と言うと「飲んでるときに何を言うか。」と二人にいなされる。

それぞれが、くだけたときは、ちゃん付けで呼ぶ仲である。

Oちゃんと私のKちゃんは名字だが、Sさんだけは五郎ちゃんと名前で呼ぶ。

五郎ちゃんに「五男ですか。」と聞いてはいけない。

「ちょっと長くなるけど、聞いてくれるかな。長男は二郎、次男は三夫、三男は四郎、俺は四男だが五郎。長男が亡くなったわけではない。長男は始めから二郎だった。兄弟のなかで、次男だけが三夫と夫が付いている。名前が違うので養子に行って姓が変わった。ところで親父の名前を言ったかな。親父も栄三だが三男ではない。そうそう祖父さんの名前は三八と言う。」話は止めどなく続く。

締めくくりは「一族の名前は、皆数字が入っている。俺がなぜ数字に強いかわかるだろう。」

そういえば、彼の担当する部門は、このところ連続して大幅な黒字を計上している。

「言いたいことも言うけど、やるべきこともキッチリやるね、五郎ちゃん。」

変わります

グループにカンパニー制が導入され、五つの事業分野のカンパニーが誕生した。

本社部門でも組織再編の検討が進められ、担当部門の「管理センター」を始め、「人材開発センター」、「研修センター」、などのセンター機能の別会社化が提起された。

検討の結果、管理センターはその機能を二分し、本社制度・政策の地区展開や渉外の代表窓口などの機能を「地区総務部」として本体に残し、グループ各社・カンパニーの人事・福祉・経理・総務・施設・環境の業務代行機能を別会社が担うことにした。

関連会社の「設立準備期間は九ヶ月」、各所長、管理のH部長、監査室のH部長などが寄って、設立にむけての準備をすすめた。

こうして「Sオフィスサービス株式会社」が、資本金八千万円、従業員五九六名で、電子レンジ事業部長のTさんを社長に迎えて、スタートした。

新会社がテレビ番組「企業革新」の取材をうけた。
放映は朝礼風景からはじまった。「私たちは変わります。」
管理センターから引き継いだ「行動憲章」を唱和する社員の姿が凛々しかった。

◎《行動憲章》「変革専心」私たちは変わります
「大観実践」私たちは役割を果たします
○実務サービスに徹します　○コストを追求します　○目標を必達します
「活力善用」私たちは成果を生み出します
○仕事を革新します　○情報力を活かします　○パワーアップに努めます
「自他共栄」私たちはまわりを大切にします
○パートナーとの共生を図ります　○お客様との信頼を高めます
○地域社会に役立ちます

渉外白書

「地区総務部」は五地区、六十六名でスタートした。

その主要機能の一つが「地域渉外」で、従来から、ベテランの担当者が、地域における会社の代表窓口としての役割を果たしてきた。

担当者各々が、地域と太いパイプをつくり、独自のノウハウを駆使しているが、これを集約して明文化したものがなく、このままでは、貴重なノウハウが組織として蓄積も伝承もされない。また、仕事を後継する人も、ゼロからの出発ではロスが多い。

組織と後進のために、全てのノウハウを「渉外白書」として集大成することにした。

担当者が資料や口頭で活動実態を開示し、企画スタッフがまとめていった。

結果、「渉外活動全体像と活動指針・担当者の資質と必須知識・加入団体の現況と領域別折衝ポイント・不当要求対応などのリスク管理・主要情報活用事例」を骨子に、

「年間主要活動計画と実績・経費一覧」などを付加して、初年度の「渉外白書」が完成した。「白書」は社内関係先にも配布し、趣旨の理解と活動への協力を要請した。

◎渉外活動概要

《会社代表窓口》「会社の顔」として「責任ある行動」をしよう
・地域官公庁対応　・遵法社内行事の推進　・反社会団体対応
《地域社会貢献》「企業市民」として「社会的責任」を果たそう」
・地域団体活動　・地域住民対応　・選挙対応
《地域ＣＳ推進》「ＣＳ推進者」として「好意と信頼」を得よう
・企業情報の提供　・社内施設や行事への招聘　・諸団体への営業支援
《地域情報活用》「情報コーディネイター」として「戦略的活用」をしよう
・渉外先の情報収集　・情報の加工分析　・社内外への情報開示と提供

狸さんチーム

本社地区総務部の四人の企画スタッフは、小太りでお人好しタイプが多い。

ある時「うちは、どう見ても狸さんチームですね。」と誰かが言って「狐と狸」の話になった。

K君が、「狐さんは、クールなイメージで、カミソリの様に切れ味が鋭く、化かし方も小気味が良い。」更に、「正一位稲荷大明神の様に立身出世を果たすタイプですね。」と言った。

M君が、「それに比べて狸さんはとぼけたイメージで、切れ味はまさかりかナタでしょうか。化かしたつもりが、すぐばれる。」更に、「かちかち山や分福茶釜のように、皆の笑いを誘うタイプですね。」と言った。T君が、「立身出世はしなくても、おとぎ話の中に残って語り継がれる。素晴らしいよね。」とまとめた。

紅一点のWさんが、「私は太っていませんから、狸さんとは違いますよ。」と言った。確かに才色兼備のWさんに、狸さん呼ばわりは失礼である。

誰かが「あなたは、狸さんチームのうさぎさんです。」と言って、場が収まった。

狸さんチームの仕事の打ち上げは、カラオケに行くことが多い。

T君は、「柿の木坂の家」「桃色吐息」など、レパートリーが広い。気をつけないと、一人で四・五曲エントリーしてしまうから危ない。

M君の十八番は、「大阪純情」で「大阪を離れちゃいかんよ。」と歌っていたが、後に岐阜に転勤になった。

K君は、S大のコーラス部だけあって、美声である。特に「長い夜」が素晴らしい。

Wさんは、英会話が抜群で、そうした歌も上手だが、「プライド」を歌うとプロかと思わせる。

私が歌い始めると、必ず誰かがトイレに立ち、皆が雑談を始める。何故だろうか。

狸さん一家

人事部のＫ部長とＳ課長、労組西日本支部のＦ委員長とで瀬田にゴルフに行った。ハーフが終わる頃、空がにわかに曇ってものすごい土砂降りになった。中止して帰ることにしたが、Ｋ部長に「家に寄りませんか。」とお誘いを受けた。お宅に着く頃には雲も去り、太陽が燦々と輝いていた。

「あの雨はなんだったんだ、まるで狐か狸に化かされたようだ。」と誰かが言った。お宅は公園と接しており、通された二階の部屋は公園との境の斜面に面している。

「静かにしましょう、そろそろ出てきますよ。」と奥様。

小さな動物が二匹三匹と斜面を行ったり来たりし始めた。「最近狸が住み着いたんですよ。」何と大狸子狸が七匹も、ぞろぞろと餌を貰いにきた。

「今日はＫさんが来たから、一家で挨拶に来たのかも。」

私も狸の家族と出会ったのは初めてだった。

奥様が「一度狸の写真を撮ったのだけど、フィルムが真っ白になって写っていなかった。」と言った。「不思議ですね。」

奥様の心づくしの手料理と焼酎「百年の孤独」をいただきながら、ひとしきり「狐と狸」談義を楽しみ、帰路に就いた。

狸さん一家とも会えたし、本当に心楽しい一時を過ごさせていただいた。

しばらく後、Ｋ部長に「狸さんはどうしていますか。」と聞くと、「野犬に追われたのか、あれ以来出てこなくなった。」と少しさびしい答えが返ってきた。

「鋭さも鈍さも共に捨て難し　錐と槌とに使い分けなば」江戸末期の日田の儒学者、広瀬淡窓の語である。狐さんも狸さんもそれぞれに持ち味があって捨て難い、と解釈して「狐と狸」談義の総括としたい。

大狸さん

息子の通う私立N校の近くに、マンションを買った。

「お住まいはどちらですか。」と聞かれると、「神戸の東灘区です。」と答える。

「東灘区はどちらですか。」「北は阪急岡本、東は芦屋、西は御影、高級住宅街に囲まれて、擂り鉢の底のように地価の安いのが私の住んでいる青木です。」

それを聞いていたカミさんが言った。

「誇張した話はいけません。近所の人が聞いたら怒るよ。」

N校のK校長先生のお話を聴く機会を得た。直感的に狸さんチームだと思った。生徒が文集で、「生徒会の要求を通そうと、校長室に話し合いに行ったが、コンニャクを殴るような感触だった。」と評していたらしい。言い得て妙である。

半世紀の教育経験、中高一貫教育を二代目S校長の下、教頭として初めて手掛けた人で、四代目校長として東大合格率日本一を揺るぎないものにされた。

単なる「狸さん」ではない、しかしいわゆる「古狸」と言ったいやらしさもない。その大きさ、懐の深さに敬意を表して、我が家では「大狸さん」と呼ぶことにした。

校長室には「得意淡然　失意悠然」の額が掲げてある。

幕末の英雄勝海舟の語で、K校長先生の座右の銘と聞いた。

私もこの語が好きで、たまさか頼まれる色紙にはこの語を書くようにしている。

N校の校是は、講道館の創始者嘉納治五郎が唱えた柔道の精神「精力善用　自他共栄」である。

「精力善用」とは己の力を最大限に活かして善きことに努めることであり、「自他共栄」とは相手を敬い自他共に栄えある世の中を築くことだそうだ。

「道を求めること」と「和をなすこと」はとても大切だと思う。

私も「活力善用　自他共栄」を生涯のテーマとしている。

女将三代

「女将でございます。オオカミではございません。」客室に入ったときからドラマが広がる。客の生の声を聞こうと、毎日全ての客室を回っているという。

テレビの「にんげんドキュメント　もてなしの心　女将三代」の冒頭の場面である。宴席では「にじり膝」で客席を回る。客より目線を高くしない配慮である。初代女将は四十八年間務めて膝に水が溜まり、車椅子がいるようになって二代目に女将の座を譲った。二代目も「にじり膝」を続け、マッサージを欠かさないそうだ。二代目女将から四十二年振りに若女将が嫁入りしてきた。客室乗務員として若い頃から客に接するのが好きだったそうだが、女将の修業は尋常ではない。

調理場やフロントなど全ての職場で研修をしながら女将の背中を見つめる日々が続き、「背中日記」をつけているという。そこには二代目の客への応対や仕事の進め方が、細かく書き留められている。二代目は下足番から修業を始め、客が最も履きやすい靴の位置は、へりから五センチとみつけたそうだ。心の支えになるお客さまの笑顔を絶やさないよう、いつもお客さまのことを考えているという。

若女将も毎日五時間玄関に立ち、自分の笑顔が本物かと自問しながら客と向き合う。大晦日、二代目から若女将へ、先代譲りの帯が贈られた。二代目はくじけそうになったとき、その帯を見て先代を思い出していたそうだ。

新年に若女将はその帯を締めて初めての客室回りをした。陰で見守る女将が「上出来。」とうなずいたシーンが印象的だった。

テレビ画面から、能登百年の老舗旅館「加賀屋」のもてなしの心が伝わってきた。十年ほど前、永年勤続表彰の副賞として、旅行券と五日間の休暇が付与されたとき、カミさんの「加賀はどうかな。」の一言で金沢方面に行ったこと、最初の宿が「加賀屋」だったことを、懐かしく思い出した。

海外巡回

地区総務部の主要機能の一つに「労組対応」がある。

主な対応の場は、春・夏の団体交渉や労使協議会、課題解決のための各種委員会や日常の情報交換などだが、この他にも労使の「海外巡回」がある。

この巡回は、拠点の経営状況・駐在員の仕事や生活などの実況を見分して問題解決をはかること、現場の声を関連諸制度の改定に活かすことなどが主なねらいである。

巡回経過については報告書に委ね、ここでは珍体験の一部を記しておく。

あるとき、香港の入管で、「仕事ですか、観光ですか。」と聞かれ「仕事。」と答えると「カードを見せて。」と言われた。仕事に使うカードならと、キャッシュカードやクレジットカードを次々と見せると、管理官が突然怒り出した。「俺は忙しいのだ、冗談はよせ。」カードとはビジネスカード、つまり名刺のことだった。いやあ、まいった。

またあるとき、メキシコからアメリカの拠点を北上してカナダに行った。夏服から冬服へ、カナダではセーターやオーバーで着ぶくれていた。「荷物が大変だった。」と言うと、駐在員が「出張は寒い国から暑い国へと回るべきです。冬物を先に日本へ送ってしまうと、あとは軽装備でまわれます。」如何にもそうだよね。

更にあるとき、赤道直下で摂氏四十五度を体験した。日陰と日向の過ごしやすさは天国と地獄の差がある。風が吹けば涼しいと思うのは大間違いで、よけいに暑い。駐在員が「熱い風呂をかき回すとよけいに熱いでしょう。」なるほどそういうことか。

あるとき、イギリス・ベルギー・フランス・イタリア・スペイン・ポルトガルを二週間でまわった。カミさんが行程表を見て言った。「三日・三月・三年が節目と言うけど、各国一日から二日では、ちょいとトイレを借りて、次へ移動するような行程ね。」

確かに海外巡回はいつもあわただしかった。

いつの日か、一カ所に腰を据えた滞在型の観光旅行を楽しみたいものだと思った。

支部五周年（労組定期大会後の懇親会での祝辞）

○先ず持って労組西日本支部創立五周年おめでとうございます。

会社設立五〇周年の節目に本社ビルが完成しましたが、新ビルの大会議室の使い始めがこの定期大会であることを意義深く感じております。本席は支部の会社側窓口として、関係各社の人事責任者や地区事務所長もお招きいただいておりますが、会社を代表して一言ご挨拶申し上げます。

私自身は今日もご列席のI秘書室長から総括窓口を引き次いで三年になりますが、この間を振り返っての支部の印象は、「管理」「営業」「技術」「製造」「貿易」と異質の職場に関わる中で、非常によくまとまっているということです。

また、そうした支部の特性から様々な分野の多くの高度な情報を入手されており、会社にとっても核心に迫る提言をいただいてきたと思いますし、労組としてのチェック機能をしっかりと果たしていただいたと思っています。

とりわけ印象的だったのは、今春闘で支部事業場間の要求を控えて頂いたことですが、これは支部の情報力と決断力、また会社の実態を把握されての深いご配慮であったと感謝をしているところであります。

労使関係で言えますことは、会社は「父親」、組合は「母親」であります。立場は違っても、夫婦喧嘩はあっても子供を想う気持ちは変わらない。一家が成り立つように相互の立場をよく理解して共に頑張ろうということが大切だと思います。私自身、F委員長と話し合っていますと、どうもカカア天下の家庭だなあといった気もしますが、まあ一家が盛んになればいいか、と思う今日この頃であります。

亡きH委員長は「労使はツインタワーでありたい」と言っておられました。労使切磋琢磨して良き労使関係を築いていきたいと改めて願うものです。支部五周年の基盤をベースに、更なる発展を祈念してお祝いのご挨拶と致します。

転身の誘い

「K君、大学で仕事をしてみないか。」

平成十三年の秋、尼崎の「若駒寿司」で再会したときのIさんの第一声だった。

Iさんとは三十年ほど前に、同じS電機の販促部で机を並べて仕事をしていた。

その後、S学園に転籍されたが、三年か四年に一度はお会いして情報交換をしてきた。現在はS学園の理事長で、大学・短大の学長でもある。

これからの大学経営には企業的な感性が必要であること、S電機OBのY理事と招聘候補をあげたら、二人ともK君だったなど、熱意を込めてお誘いをいただいた。

帰ってカミさんに話すと、「いつまでも心にかけてもらって、有り難いことよね。」さらに「父も務めた大学を体験してみたい気もする。」と私の気持ちを言うと、「わかった。」とカミさんが一言。結論は早かった。

そう言えばお互いの親戚にも、発達心理学・地質鉱物学・イタリア言語学・電気工学・流体力学・動物生理学・動物生態学・農林経済学などと、分野はバラバラだが大学関係者が結構多い。そうした人たちを通しての大学への親しみも、カミさんとの早い合意の一因になったのではないかと思う。

それからひと月後に、I学長と尼崎で会食をした。「決心してくれましたか。」「はい、よろしくお願いします。」と即答した。

更なるご教導をお願いして転籍が決まった。

お別れ会

S学園への転籍の話をいただき、お受けした。

少しうかつだったのは、着任の時期は大分先だろうと思い込んでいたことだった。聞くと「できれば、新年度から。」との話であり、それは四ヶ月先に迫っていた。

定年まで三年余りを残していた。三十数年お世話になったS電機である。後顧に憂いを残してはいけない。まずは仲人のT副会長、所属長であるS副社長に状況を報告して早期退社をお認めいただいた。仕事仲間のコンセンサスも得ることができた。

人事担当のK執行役員からは後任のイメージを聞かれ、「若いですが、タイプとしては人事のTマネージャーでしょう。進取の気性と人望があります。」と答えた。しばらくしてTマネージャーが「後任の内示がありました。」と挨拶に来た。本社最年少部長の誕生だった。

一緒に、守口市長や警察署長、商工会議所などの主要な関係先を引継いで廻った。

昼間は引継ぎ、夜はお別れ会の毎日が始まった。

「送る会」や「励ます会」や「語る会」などの名で、「ホテル」や「料亭」や「居酒屋」などを会場に、「社内」や「労組」や「地域」の方々がお別れの宴を張ってくれた。

岐阜の「激励会」の会場は、私の心のオアシス「大垣サウナ」を選んでくれた。

労組の支部三役と地区事務所長とは、岡山の温泉旅館「白雲閣」で飲み明かした。

お別れ会の締め括りは、部門合同の「囲む会」で、会場は数多くの先輩の送別をしてきた京橋の「太閤園」だった。ほぼ四十日にわたるお別れ会の毎日を終えて、こんなにも多くの人たちに支えられてきたのだと、改めて感無量の思いであった。

お別れ会の参加者やお世話になった方々には、感謝の気持ちを挨拶状にしたため、二枚のラガールカードを同封してお届けした。

「夕陽に輝く富士」を背景に「退職記念・長い間お世話になりました。」

「若芽の燃える森」を背景に「奉職記念・どうぞ宜しくお願いします。」

第二部　女子大学編　〈二〇〇二年～〉

1　変わる大学

～学生一人ひとりを大切に～

辞令交付

○「人事通知書　S学園事務職員に採用する。
S学園女子大学・S学園女子大学短期大学部 事務局長に補する。

事務職○級に決定する。○○号給を給する。」


学長室で事務局各部長、各センター所長を前に、I学長から辞令を交付された。

「新局長とは旧知の間柄である。強く要請をして来ていただいた。タイガースの星野監督と田淵ヘッドコーチのように共に頑張っていきたい。大学は大きく変わろうとしている。皆さんも一緒に力を尽くしてほしい。」と言葉があった。

企業から大学へ、私の人生の大きな変化の節目にあって、まさに身の引き締まる思いがした。

二〇〇二年のこの年に、本学は新たに「人間健康学部」を創設し、既存の「国際文化学部」と併設の「短期大学部」をあわせ、三学部体制となった。

教育ポリシーは、「学生一人ひとりを大切に」する「経験値教育の徹底」と聞いた。前職に当てはめると、「学生一人ひとりを大切に」は、企業の原点である「顧客志向」と意を同じくする。また「経験値教育」は企業内教育の「実践力養成」にも通ずる。

こうしたポリシーをも念頭に、さらに大学への理解を深めて、事務局の人達と共に、役割を果たしたいものだと思った。

けやき道（新任局長として同窓会誌へ寄稿）

○同窓会の皆さまにはお健やかにお過ごしのことと存じます。
民間企業から本学に赴任して、一年が経過しようとしています。

人と人との関わりは、良き「出会い」「ふれ合い」「助け合い」を通して、「知人」から「友人」そして「仲間」へと深まっていくと言われます。

三十数年間の企業在籍中に得た沢山の「仲間」は、私にとって一生の財産ですが、今、本学での新しい「出会い」「ふれ合い」の中で、学園の更なる発展をめざして「S女マインド」を共有する方々と共に歩めることを、本当に心うれしく感じています。

一期生の方に伺いますと、開学当時の本学は「先生と学生の距離が近い、家庭的な学園だった」とのことです。以来三十八年の歳月は流れても、そうした「S女らしさ」は「学生一人ひとりを大切にする教育」として、しっかりと学内に根づいています。

大学は今、大きな変革期を迎えていますが、この期にあっては、本学の連綿と流れる教育ポリシーや強み・持ち味などの「守るべきところ」はしっかりと継承し、環境変化に対応して「変えるべきところ」は、スピードを加速して変革をはかることが肝要です。「先達」のご示唆をいただきながら、本学改革の一翼を担い、時流に合った「S女らしさ」を後進に引継いでいきたいと念じています。

正門から学舎へとつづく「けやき道」の傍らに「恋色の若芽もえ立つけやき道」と刻まれた、先代の理事長I先生の句碑があります。「恋」とは、何かを慕い懐かしむ初々しい気持ち、そんな恋色をしたけやき道は「生涯を貫く道」へと通じています。

今年の同窓会の総会は大学祭である「けやき祭」と同じ日に開催されると伺いました。母校は「心のふるさと」、同窓会の皆さまにおかれても「けやき道」を通って、学生時代にタイムスリップされてはいかがでしょうか。

皆さまのお越しを、心からお待ちしております。

いと珍か

「いと珍かなる過ちなり」「いと恥ずかしき尼崎の女子大」

新聞各紙に古文の見出しが並んだ。サブタイトルは「国語で出題ミス」「除外のはず、古文を出題」などであった。

記事は続く、「S女大で行われた国語の入試の際、本来は出題されないはずの古文が問題に含まれていたことがわかり、同大では同日、受験生に対して謝罪と今後の対応についての文書を発送した。（中略）出題範囲から古文が除外されたのは昨年から。出題者である教授や助教授に、出題範囲を十分に伝えられなかったうえ、チェックを怠ってしまったためのうっかりミス。同大では、古文を除いた出題範囲だけで配点を行うと共に、古文の成績が一定の基準に達している受験生は特別枠で合格させることにした。」本学の過去を振り返っても「考えられないミス」とのことだった。

ことの発端は、試験後の受験生の指摘だった。緊急会議が開かれ、原因の究明と対策が協議された。

直ちに取るべき処置（Right now）合格判定の方法・受験生へのお詫びと説明

その後に取るべき処置（Soon）　学内告知・マスコミへの広報の内容と方法

抜本的に取るべき処置（Long range）再発防止のための組織・仕組みの見直し

Y入試委員長以下の対応はスピーディで的確だった。

ピンチに強いスタッフだなあと頼もしく感じた。

一段落して、古文の見出し「珍か」は、「珍し」とどう違うのかが話題になった。

「『珍か』とは、普通と違っているさま、めったにないさまであり、『珍し』とは、普通と違って目新しい、めったになくて貴重である。つまり『珍し』は素晴らしいの意があるので、今回のようなチョンボの場合は『珍か』です。」上代文学のK教授・学生部長の説明は明快だった。忙中の閑にまた一つ勉強させてもらった。

スマトラ島

昭和二十年四月一日、安全航行が保障された緑十字船「阿波丸」が米潜水艦によって台湾海峡で撃沈された。この事件でタイタニック号の犠牲者千五百余名を大きく上回る二千四百名の人命が失われた。アメリカ政府は責任を認めたものの、事件の真相が明らかにされることはなかった。これが「阿波丸事件」である。

私の父がこの船に乗っていた。大学で地質鉱物を研究していたことから、油田の調査を委嘱され、スマトラ島でその任を果たして引き上げる途上だった。

本学は台湾・中国・韓国・南太平洋・ニュージーランド・オーストラリア・インドネシアなどに姉妹校がある。インドネシアの姉妹校はスマトラ島のB大学である。

あるとき本学のY学部長とM国際交流センター所長がB大学を表敬訪問された。

二人が帰朝して、Y先生からはフィルムの缶に入った砂をいただき、M先生からはなんとタッパーに入った大量の砂を手渡された。両先生とも「局長からお父さんの話を聞いていたので、お土産はスマトラ島の砂にしました。」とコメントされた。入国管理は大丈夫だったのかなあと心配したが、お気持ちが嬉しかった。

あるとき、スマトラ島からB大学の学長と文学部長が来学され、夕食会があった。誰かが「タバコを吸っていいですか。」と尋ねると、「大丈夫、スマトラでは女性は全く吸いませんが、男性は百パーセント喫煙者です。」と学長から返ってきた。私もタバコを吸いながら学長を見るとまったく吸われていない。「学長先生はお吸いにならないのですか。」と聞くと、「私は幼い頃に吸って、もう卒業しました。」と言われた。たわいのない会話の中で独特の思いやりを感じた。

夕食会では、お互いの教学の特徴や、交換留学生について意見交換をし、更にはスマトラ島の生活習慣や食文化などについても有意義なお話を伺った。

私にとっては、生後六ヶ月で顔を合わせることもなく別れた父の最後の赴任地について、思いを馳せたひとときだった。

同じ誕生日

時代は遡るが、昭和三十九年、大学に入学して、東横線の日吉に下宿した。父親代わりのM伯父が紹介してくれたHさん宅だった。

一年経って後輩のN君が入ってきた。ブラックニッカを買って歓迎会をした。誕生日を聞くと、昭和二十年の十月十五日で、私とちょうど一歳違い、不思議な縁だと思った。

それから約四十年後、大学に勤務して、立て続けに同じ誕生日の人と出会った。

一人は本学のYチーフプランナーのK大の後輩で、母校の事務局に勤務している。人事制度の情報交換をしたとき、二回り下の申年で十月十五日生まれと聞いた。

もう一人は本学の入試広報部のAリーダー、出会って三年目に同じ誕生日と知った。三百六十五分の一の確率である。他にも知らずに出会っていた人がいたのだろう。

大学の最寄り駅、阪急塚口駅の近くに、割烹「千葉」がある。私と同じ山陰地方の出身で、元料亭の料理長を務めたご主人が、明るい奥様と一緒に店を営んでいる。店内の壁に貼られている「調理師免許証」を見ると昭和九年十月十三日生とある。私とは十年と二日違いである。そのことを告げ、「これから生意気言うと、十年早いと言われそうですね。」とご主人に話した。

「千葉」から隣のスナック「ＪＯＹ」に移って、店で「十年早い話」をしていたら、隣に座っていた人が、突然「私は十月十六日生まれなんです。」と言う。干支も同じ申年と聞き、名刺交換をし、意気投合して大いに飲んだ。誕生日を話題にした楽しい一日だった。翌日「一日違いの兄様へ」と題したメールをいただいた。

その後、高校の育友会役員であるＮさんの車のナンバーが「１０・１５」なのに気付いた。ひょっとしてと思って聞くと、やっぱり「誕生日です。」と返ってきた。

更にその後、本学の教員公募に応じていただいたＮ先生の履歴書に、十月十五日生まれとあった。採用面接の業績を質問する場面で、思わず「私と同じ誕生日ですね」と言ってしまった。

共通点がある人とは、打ち解けるのが早い。考えてみると出身地や出身校、住まいや家族、業種や職種、スポーツや趣味、大概の人に何らかの共通項がある。むしろ気の合いそうな人同士が共通点を探して交流を深めているのかもしれない。

大学の常識

本学では年一回、教職員全員参加の研修会が開かれる。

二〇〇四年度教職員研修会の基調講演のタイトルは「今大学に求められるもの、企業経営者の視点から」であり、講師は経済同友会のK幹事であった。

K幹事はF電機の副社長・会長を歴任の後、東大合格者数日本一の進学校、学校法人K学園理事長に就任、企業経営と学校経営の双方を手掛けてこられた方である。

企業から学校に転じて受けた印象は「企業の常識は学校の非常識」「学校の常識は企業の非常識」、双方の大きな意識の違いを身をもって感じたそうだ。

「対話が新しい価値を生む。」コミュニケーションの原点にかえって、徹底した話し合いを続けた結果、双方の長所・利点を統合した経営ビジョンや教育ポリシーが生まれたと結ばれた。また同友会の産学協同事業についても対話の精神で望んでいるとのお話であった。

講演終了後、話合いの輪の中で、H総務部長が「本学の常識は企業の非常識ならまだしも、社会の非常識と言われないようにしたいですね。」と言って笑いをとり、「そのためにも対話を心掛けて、学生にとっても教職員にとっても魅力ある大学にしたいですね。」と企業出身のI教授・就職部長がまとめた。

参加者それぞれが、「対話」による「異文化」の交流や「異分野」の意見統合について示唆を受けた研修会だった。

年が明けて、人間健康学部に人間看護学科を新設する計画が具体化し、学科長候補に兵庫県看護協会のC会長を招聘して、開設準備室を設置、三〇名の教員公募を行った。こうした新学科の新しい息吹と既設学部・学科との間で「対話」が進み、大学「全体最適」を基調に、各学部・学科の新しい個性・特徴が芽生えてくることを念願している。

出船入船　（卒業式と入学式の懇親会にて）

○ご来賓の皆様には、平成十六年度「卒業式」にご臨席賜り、祝福をいただき有難うございました。

今日、この学園を港としますと三百十三隻の船が、学長祝辞「信頼される人となれ」「苦労を厭わぬ人となれ」「感謝を忘れぬ人となれ」を心に刻んで出港しました。一週間後の四月一日には五百隻を越す船が希望に胸を膨らませて入港します。「港は出船入り船で賑わう」と言いますが、本学が真に繁栄するためには、魅力ある港であろうとする強い意志と努力が求められます。

今改めて、本学教職員挙げて、魅力ある学園づくりに取り組んでいきたいとの決意を新たにしているところであります。

ご来賓の皆様には、変わらぬご理解とご支援を、よろしくお願い致します。

○ご来賓の皆様にはご多用のところ、平成十七年度「入学式」にご参列いただき有難うございました。今日はお陰様で好天に恵まれ、心地よい春風が吹いています。「春風」と申しますと、先代のI理事長を象徴する言葉ですが、広辞苑で「春風」を引きますと、「恩恵・教化の深いことの例え」となっており、「教化」とは、「教え導いて善に進ませること」とありました。

今日は、編入を含めて五百名を越える学生を本学に迎えたわけですが、この学生諸君に「本当に本学に来て良かった」と言ってもらえるよう、「春風」の心で学生を育んでいかなければと改めて思ったところであります。

大きな環境変化の中、本学の教育ポリシーである「経験値教育」「学生一人ひとりを大切に」の徹底を期して、教職員一丸となって懸命の努力をしていく所存です。

ご来賓の皆様には倍旧のご指導ご鞭撻をいただきますようお願い致します。

最終講義

総合健康学科長のH先生は、微生物が専門の農学博士で、折りに触れて、何かと為になる話を聞かせていただけるので嬉しい。

あるとき、H先生の母校にゆかりのあるクラーク博士の言葉「少年よ大志を抱け」は名言ですねというと「その言葉は皆が知っているが、実は後に続く言葉があるんです。」と返ってきた。

翌日、英文と和文両方の全文をいただき、改めて言葉の意味を噛み締めた。

「少年よ大志を抱け。金のためではなく、利己的な達成のためではなく、人が名声と呼ぶはかないもののためではなく、人が本来備えねばならないものを身につけるために、大志を抱け。」

またあるとき、「清酒や酒粕の健康と美容」と題したレポートをいただいた。そこには、適量飲酒は長寿の源として、ストレスの軽減はもとより、糖尿病や肝臓病をはじめ、狭心症や健忘症など、十五項目にわたって清酒の効用が記されていた。
二、三日して、「唐辛子のカプサイシン効果」と題した記事のコピーをいただいた。そこには、カプサイシンは食欲増進はもとより、肥満防止や夏バテの予防などに有効と載っていた。酒と唐辛子は健康に良いことがよくわかった。一度に両方を摂取できれば、相乗効果もあり一挙両得だと思って以来、好きな焼酎の水割りに鷹の爪を入れて飲むことにしている。
さらにあるとき、「笑いの健康効用」について聞いた。

「一笑一若、一怒一老」だよ。笑うと血糖値がさがる。また、笑いはあらゆる病気の治療にも有効だ。さらに、インドには笑いのヨーガがあるらしいとも聞いた。

「女学生、口に付けたい万歩計」私語の多いクラスで板書すると一斉に笑って静かになる。解らない学生がいれば万歩計を取り出して口に当てるとようやく笑う。

まわりに笑いがあると自分も若返る気がするとの話に、私も元気をいただいた。

二〇〇七年二月、H先生の最終講義を聴講した。放線菌一筋に歩んできた。H大からT薬品に入社しての商品化研究、アメリカの研究所における新種の発見、『ネイチャー』ほかへの論文掲載、H大での大学院の立ち上げ、そして本学への思いなどについての話があった。

なかでも「発見」について引用された二つの言葉が心に残った。「よく計画された研究から偶然みつかった」トランジスタの発見者ショックレイ「偶然は準備のできていない人を助けない」ペニシリンの発見者フレミング

座右の銘は「疾風にして勁草を知る」だと聞いた。後漢の歴史書の一節にあり、激しい風が吹いて初めて強い草が見分けられるという意味で、節操・理想の堅固なことの例えだそうだ。この語を聞いて、厳しい時代なればこそ力を発揮できる、体力・気力ともにくじけないたくましさを持ちたいものだと思った。

生涯学習（公開講座の開講にあたって）

○暖かい春の日差しと春風に包まれた今日の良き日、S女大の公開講座開講式に、こうして大勢の皆様にご参加いただき、本当に有難うございます。

古くからの言葉に、「いまいまと　いまというまに　いまぞなし　いまというまにいまぞすぎゆく」というのがあります。「いまいまと」つまり「その内その内」といっている間に時はどんどん過ぎていきます。いまやるべきこと、やりたいことを先送りしてはいけない、いまこそやりたいことに挑戦しましょう、という意味ですが、「思い立ったが吉日」であります。本学の公開講座で学ぼう、と思い立っていただき、こうしてご参加をいただいた皆さんに「ようこそS女大へ」ともうしあげ、心から歓迎の意を表したいと思います。

さて、本学「生涯学習」の歴史を振り返りますと、一九七九年に「地域と共に歩む学園」をポリシーとしてスタートし、今年で二十八年が経過しました。

講座も、文学と歴史を主体にはじめ、その後、語学や資格分野の講座を加え、最近は、生活や健康、更には趣味の分野へとひろげてきました。また受講者層も、かつてのリタイアー層にとどまらず、現役の社会人の方々や子供さんまでを対象に、文字通り「さまざまな学びの場の提供」に努めています。

おかげさまで、「S女大で勉強して、図書館で本を読んで、学生食堂でお昼を食べて帰る」ことが、ライフスタイルになっている方も結構いらっしゃるようです。大変心嬉しいことであります。

受講生の皆さまには、そうした環境のなかで、ぜひ知的刺激を触発され、「積極的」で「継続的」な学びをされますよう願っています。

「積極的な学び」といいますと、講義を受けて「ああ面白かった」という「聞くだけの講座」で終わるのでなく、自分でもう少し調べてみよう、受講者同士で意見交換してみよう、そうしてまとめたことを、今度は自分達が家族や周りの人たちに教えてあげようという学び方です。そうした積極的な取り組みによって、一人ひとりの学びが深まり、学びの輪が広がっていくことを期待しています。

最後に、「継続的な学び」をしていただくために、ひとつの言葉を贈ります。

それは「黄金の過去をつくろう」という言葉であります。

その意味は「今日一日、この一時を懸命に活きよう、振り返ってみたとき、それがあなたの黄金の過去となっている」であります。公開講座の学びのなかで、皆さん一人ひとりが、ご自身の「黄金の過去」を積み上げていただくことを祈念して、開講のご挨拶といたします。

2　学生スポーツ

～輝くアスリートたちに万歳～

トップアスリート

学内で学生諸君とすれ違うと「こんにちは」と声を掛けてくれる。特に運動部の学生の挨拶は活気があって爽快である。

本学では、テニス・ソフトボール・剣道・バレーボール・バスケットボールの五部を強化クラブとしているが、それぞれが素晴らしい戦績を誇っている。

三名の女性指導者が本学の卒業生であるが、それぞれがトップアスリートとして活躍した輝かしい経歴がある。

剣道部のI監督は本学卒業後、兵庫県警を経て本学に戻り、有職婦人の全日本選手権で優勝、錬士六段である。三姉妹合わせて十三段と聞いた。

テニスのHコーチは、本学のエースとして全日本学生王座決定戦十五連勝の大記録達成の一翼を担った。アジア大学選手権の初代チャンピオンでもある。

ソフトボールのKコーチは、卒業後Hソフトウェアの主将として、リーグで首位打者を取り、本学OGでは四人目のオールジャパンに選ばれている。

男性指導者では、ソフトボールのI監督はN体大出身で、学生時代に一年と四年の二回、大学選手権の優勝を経験している。

プロ野球では、よく「名選手が名監督になるとは限らない」と例えられるが、本学の指導者たちは、戦績が物語るように、まさに名選手であり名監督・コーチである。

また、テニスの学園OGの活躍はよく知られている。

伊達公子さんはウインブルドンでグラフ選手を敗って世界ランク四位となった。

また、浅越しのぶさんも世界ランクの日本最高位で活躍した。

伊達さんは現在、本学の客員教授として後進の教育に尽力いただいている。

ご縁あってこうした人達と交流できることは、とても誇らしく幸せを感じる。

剣道の一本

二〇〇四年、春の全日本学生剣道選手権大会の応援に、大阪府立体育館へ行った。春の大会は個人戦で、本学からは九州出身のN選手一名が出場していた。選手入場行進の後、学連会長の橋本龍太郎元総理の挨拶で大会が始まった。応援席には本学のI学長や剣道部師範の兵庫県警のF八段、OGなどの姿があった。K選手は残念ながら三回戦で敗退し本大会を終了した。

観戦してみて「これはいかん」と思った。技が早過ぎて一本の見極めが出来ない。場合によっては相打ちに見える。後日I監督に剣道についてレクチャーを受けた。

「どういう時に一本を採るか。」については、「有効打突は気・剣・体の一致」だと言う。「もう少し詳しく」と言うと、『剣道試合・審判の手引き』を見せてくれた。

手引きには次の様に記してあった。

「有効打突の条件は『充実した気』『適正な姿勢』を持って『竹刀の打突部で打突部位』を『刃筋正しく打突』し『残心あるもの』と規定されており、このような諸条件を満たした有効打突の一本こそが剣道の特性である。」

「残心って何かいな。」「打突後の気構えと身構えの総称です。」

「体捌ってどう読むの。」「たいさばき」手のかかること甚だしい。

特訓でいささか知識は増えたが、やはり経験値を高めないと理解は深まらない。いまさら稽古をつけてもらう気はないが、「現場百遍」、機会を見つけて応援に行かなければと思った。

剣道部は本年最終の全日本学生のオープン大会でA選手が三位に入賞、新主将のNが、のじぎく国体の強化選手に選ばれるなど、志気も高い。

剣道部の来年のさらなる飛躍を期待している。

テニスの伝統

総務部のYリーダーはテニス部の創立メンバーである。創部当時の話を聞いた。

「学生王座十五連勝の前には、それなりの歴史があるんです。」とYさん。

テニス部は、昭和四十八年に同好会から昇格、インターハイを制したN選手などを含め六名で、五部からのスタートだった。

一年で五部、二年で四部、三年で三部、四年で二部優勝と最短で勝ち上がって一部昇格を決めた。翌年、K選手などの活躍があって大学王座決定戦を制し、初の日本一となった。以来破竹の十五連勝を飾ったとのことである。

十五連勝の陰には、二人の先生の指導があり、個性の強い選手達をまとめあげ、抜群のチームワークが生まれたということだ。かつて挨拶から基本を教えた故M監督の石碑が正門から続く「けやき道」にあり、「挑戦」の言葉が刻まれている。またテニスの理論を教えたN先生は現監督として、チームを教導している。

Hコーチも現役時代は一年から四年まで大学王座を制したメンバーの一人である。あるとき「私は可哀相なんです。」とHコーチが言った。「節目の十連覇のとき、ご褒美はオーストラリア旅行だった。十五連覇のときはハワイに行った。私が選手として在学したのはその間の四年間、十一連勝から十四連勝のときです。」

二〇〇三年には、コーチとして二十勝目を勝ち取ったが、祝賀パーティーは大学の食堂開花亭で行われた。

二〇〇四年は関西学生でIとOがダブルスで春・夏優勝したが、インカレはおしくも準優勝だった。本学は優勝と準優勝は正門に看板を掲げる。Hコーチは「準優勝の看板はいりません。」と言う。常勝を期待されるチームの指導者の心意気を感じた。

年度の最終戦十二月の日本学生室内選手権で、同じIとOがダブルスで優勝、I選手はシングルスも制して、正門に優勝の看板が掲げられた。

ソフトのＭＶＰ

二〇〇四年秋の阪神タイガースファン感謝デーが、甲子園球場で開催され、本学のソフトボール部がタイガースと、ソフトボールのアトラクションゲームで対戦した。たとえプロ野球選手であっても、ソフトの球はなかなか打てない。結果、タイガースの矢野捕手にホームランを打たれたものの、三対二で本学が勝利した。ＭＶＰには、セリーグ盗塁王、赤星選手の二盗を刺して大喝采を浴び、自らも決勝の二塁打を放った本学捕手のＳ選手が選ばれた。

そのＳ選手に「景品は何だったの。」と聞いたら、「プラズマテレビでした。家に入らない位、大きいんです。」と言う。「家に入らないなら、大学に寄贈したらどうや。」と言ったら、「家を改造してでも入れます。」と返してきた。皆で大笑いした。

ソフトボールの二〇〇五年全日本大学選手権、通称インカレの応援に行った。

宿舎は、群馬県安中市郊外の温泉地のホテルである。

開幕日の朝五時頃、玄関ロビーを通って大浴場に向かった。

ふと外を見ると、玄関まえの広場で選手が一人素振りをしている。Sだった。

浴場には先にI監督が来ていた。一緒に湯につかりながら話した。

「Sが外で素振りをしとった。」「ああそうでっか。」

朝食の時I監督が言った。「オイS、お前が朝早うからブンブンバットを振るから、やかましくて寝られへんかった。」「すみません、軽く振ってたんですけど。」

体育会系の会話は面白い。

初戦は京都のR大に三対二で勝ち、二回戦はV候補のN体大に九対〇で圧勝した。

S選手は一回戦に一本、二回戦は連続三ランと、この日三本の本塁打を放ちチームの勝利に貢献した。ここでもS選手は本学チームのMVPであった

涙の滑り込み

二〇〇五年、第四十回のソフトボールインカレで、我がS女大は準々決勝に進み、大分出身の一年生Yが強気の投球を見せ、九州代表のF大を被安打四で完封、一対〇で勝利した。

準決勝から以降は『ソフトボールマガジン』の記事を引用する。

〇準決勝のS大戦、三十二年の伝統を誇る名門校が創部二年の新進チームに負ける訳にはいかない。四回一死からYが左前打、バントで送り、代打のSの適時打で待望の一点、五回には一死満塁からSの犠打で加点、左を六人並べた打線はN、Sの左腕二人が完封した。二対〇の勝利。

躍り上がるS女大ナイン。「よくやってくれた。私達が選手に引っ張られた。」とK

コーチ。五年ぶりの決勝戦で目指すは十六年振り四度目の優勝だ。

決勝戦は、東日本を制覇したT福祉大と対戦。二時間遅れで雨中の開戦となった。S女大は三回表I、Wのヒットと三番Yのタイムリーで先制したが、その裏三点を取られ逆転を許した。その後打線は沈黙。一年生Yの好投をフイにした。

「悔しいけど、みんなで準優勝出来た。」と話すH主将の目は真っ赤。

相手ベンチ前で胴上げが始まると、Fの合図で全員グランドへ走り、頭から滑り込んだ。泥だらけで泣き笑いする選手たち。

「最高のチームですよ。」とI監督は満足そうにつぶやいた。


この記事にも取り上げられた泥んこのヘッドスライディングは感動的で、遠路やって来て声をからして応援したOGや保護者の皆さんも目頭を押さえていた。

表彰式で、優勝・準優勝の両チームにカップを手渡した日本大学ソフトボール連盟副会長は、本学のI理事長・学長である。

学長も含めS女大関係者一同の胸の内は「来年こそ」の思いであったことは、言うまでもない。

夢を追いかけて

二〇〇六年、春の関西学生ソフトボールリーグ戦で、本学は全勝優勝を果たし、インカレの出場権を得た。また台湾で行われた第二回世界大学女子選手権大会では、本学から四年生外野手のH、二年生の遊撃手Iと投手Yの三選手が選ばれ、Kコーチと共に出場、日本の銅メダル獲得に貢献した。

第四十一回インカレは愛知県豊橋市で行われ、初戦の相手はT福祉大、なんと昨年の決勝戦の再現となった。スタンドには多数のOGや保護者の皆さんが詰めかけ、とりわけ、昨年の四年生十六人のうち十一人が駆けつけて「今年こそは」と後輩たちに熱狂的なエールを送った。

試合は、一回表にT福祉大が一点先取したが、その後は、共に世界大学に出場した両大学のエース同士の踏ん張りで、息詰まる大熱戦となった。

毎日新聞の投稿コラムに、学生ソフトボールがテーマの投稿文が載っていた。読んでみると本学の四年生投手Nのお母さんからの投稿だった。本年度のインカレの総括はこの一文に委ねたい。

○女の気持ち「夢を追いかけて」

いつまで泣いているんだろう。人目をはばからず泣く子ではないのに、背番号二十九が一人、肩を震わせて泣いていた。恐らく大学に入学して、初めて見せる娘の涙に、チームメイトも戸惑っていただろう。

学生最後の全日本大学ソフトボール選手権。「昨年が銀、今年は金メダルが欲しい」と言っていた。昨年の夏の決勝で戦った相手。リベンジと大学日本一を誓って一年間やってきた。一対○。控えで登板するはずだった娘の出番はないまま、夏が終わってしまった。「ごめん」。親の気持ちで言えば、勝っても負けても、マウンドに立つ姿を見たかった。

予選リーグで故障を抱えながらも、「痛い」と言わずに投げた。試合に出られない部員の思いを裏切れないと思っている。試合で投げることがないと分かっていても、黙々と四年間、走り続けた同期がいる。悔しさをみじんも出さずにチームを支えてくれた仲間もいる。

二回生の春から登板する姿で、親孝行をしてくれた。四年間、お疲れさん。

「あんたで負けたわけじゃない」。社会人リーグでまた夢を追いかけてほしい。

タイガース

私自身、中・高・大学と十年間、バスケットボールに興じてきた。

近年大学に勤務することになって、再び学生スポーツに親しめることは、嬉しい限りである。

その間企業にあっては、強化スポーツの変遷もあって、前半は女子バレー・バスケ、後半はラグビー・女子バドミントンの応援に足を運んだ。

また、岐阜事業所では、女子バスケと男子駅伝のチームを直接受け持った。

私はやっぱりスポーツ大好き人間だと思う。

関わるスポーツは変わっても、プロ野球だけは変わらぬタイガースファンである。

「感激ノート」にタイガースに関わるメモが五カ所あった。時系列に拾ってみた。

○一九八四年　阪神タイガース吉田新監督のスローガンは「３Ｆ」ファイト・フレッシュ・フォアザチームである。オーナーはフォアザチームが最も大切だとして「役員総見」を実施、全役員がキャンプ・オープン戦を見た。五十年の歴史で初めてとのこと、並々ならぬチーム再建の意気込みを感じた。

○一九八五年　阪神タイガース優勝、昨年から毎日新聞の切り抜きをしていたが、今年はスクラップブック四冊になった。昨年は一冊だから報道量は四倍である。吉田監督は「チーム一丸となって」「ファンの皆さんに支えられて」を繰り返し、管理野球の西武広岡ライオンズを敗って日本一となった。三冠王バースも「チーム第一」の発言が多い。スローガン「３Ｆ」がそのまま浸透してお見事である。

○一九八六年　あたためていた「３Ｆ」を参考に、自部門の行動指針を定めた。
フレッシュ（心に若さと感動を持ち）
ファイト（創造と変革に挑戦し）
フォアザチーム（役割を果たす）

平均年齢の高い管理センターだが、それだけにいつも新鮮な感動を、地域や分社の人達と共有できる「若い集団」でありたい、と付記した。

○二〇〇三年　「Ｉ学長を囲むタイガース優勝を祝う会」が開催された。六甲おろしの大合唱のあと、参加者がそれぞれ阪神への想いを語った。また大画面に名場面が映し出され、皆が拍手と万歳を繰り返した。後で祝う会の様子を収録したＤＶＤをいただいた。記録も「スクラップブック」から「ＤＶＤ」へ、十八年は長かった。

○二〇〇五年　ある会合で参加メンバーが一言ずつ近況報告をした。私のコメントはやはりタイガースである。

「失礼します。かつては『巨人・大鵬・卵焼き』と言われていました。私は小さいときから『阪神・柏戸・わさび漬け』と言ってきました。いわゆる虎キチであります。今は『巨人・楽天・ハルウララ』と言われているようです。巨人ファンも多いこの会ですが、来年は是非立ち直ったジャイアンツとデッドヒートをやりたいものです。

私は企業に居た三十数年間に一度しか優勝の美酒が飲めませんでした。タイガースが優勝するとテレビで映るのはまず甲子園球場、次が尼崎の商店街であります。その尼崎の大学に勤務して四年の間になんと二回もリーグ優勝、本当に嬉しい限りです。来年はタイガース日本一についてスピーチをする予定です。どうぞ宜しくお願いします。」

3　ふるさと

～心のふるさと、　初心に帰ろう～

ふるさとの歌

「兎追いしかの山、小鮒釣りしかの川
夢は今も巡りて、忘れがたきふるさと」

この歌碑が、鳥取城趾の久松公園にある。

作曲は鳥取市の岡野貞一、作詞は長野県豊田村の高野辰之である。

二人は明治末期から大正初期に文部省唱歌の編集委員として「ふるさと」を始め、「おぼろ月夜」「春の小川」「もみじ」など、多くの童謡を共作した。

「ふるさと」の作曲家が、我がふるさと鳥取の人とは嬉しい。

年一回開催される「関西鳥取ファンの集い」や「大阪鳥取県人会」の締めくくりは、いつも「ふるさと」の大合唱である童謡は、皆に、それを歌った幼いころを、懐かしく思い出させてくれる。
「ふるさと」の作詞者高野辰之と同じ信州出身の中山晋平も、高名な作曲家である。
作品は、次の代表曲など、なんと二千曲もあるそうだ。
日本音階のドレミソラのみを使っての二千曲は驚きである。
(S作詞)「カチューシャの歌」「ゴンドラの歌」
(N作詞)「うさぎのダンス」「雨降りお月さん」「狸々寺の狸ばやし」
(K作詞)「雨降り」「砂山」
(S作詞)「まりと殿様」
(その他)「てるてる坊主」「しゃぼん玉」

さあ、中山晋平の歌の作詞者の名前を当ててみよう。頭文字がヒントです。
答えは右から順に、Sは島村抱月、Nは野口雨情、Kは北原白秋、Sは西条八十。

ふるさとの山

本学附属幼稚園のN園長先生の個展に行った。

会場に入ると、左・正面・右それぞれに近畿一円の風景画が並んでいる。緑が一杯の田園風景が描かれており、一枚一枚の絵は別々の所を描いているが、真ん中に立つと大きな自然の中に包まれているように感じた。また、よく見ると童が遊んでいたり、田園を耕す人がいたり、何となく懐かしく、心が温まる感じがした。

グアッシュという描き方らしく、不透明な水彩絵の具を使い、乾くと明るくなって真珠に似た光沢やパステルに近い効果が出せるそうだ。

入り口付近には、N先生が訪れたというヨーロッパの家並みをはじめ、数点の絵があった。その中で、私の目を一番惹きつけたのは、一対の山の絵であり、それはふるさとの山、大山の夏と冬の雄大な姿であった。

N先生に聞くと「大山ロイヤルホテルに泊まって画いた。」とのこと、「山陰の天候は移り気で、山の全貌が見える日が少ないので、結構大変だった。」そうだ。

数日後N先生が、大学の部屋に一枚の絵を持って来て言われた。「お気に入りのようだったから、どこかに掛けてください。」なんとそれは「夏の大山」だった。

二〇〇六年の四月、大学・短大の新入学生六百人の一泊二日の学外オリエンテーションに同行した。早朝、降り出した雨の中、バス十五台に分乗してキャンパスを出発、めざすのは「大山ロイヤルホテル」であった。

初日の研修は順調に進行したが、依然雨足は衰えない。せっかくの大山高原での合宿、晴れてほしいなあと思った。翌朝窓を開けると、願いが叶ったのか、N先生の画そのままの見事な伯耆富士が眼前にそびえていた。

数名の学生が「スゴーイ」「ラッキー」などと叫びながら、掛けだしていった。

二日間の研修を終え、晴れ晴れとした顔の学生諸君と共に帰路に就いた。

心のふるさと

「ふるさと」を新小辞林は「生まれた土地・幼いころ育った土地」とし、広辞苑は「かつて住んだことのある土地・なじみ深い土地」をこれに加えている。

鳥取県西部の大山山麓、日光村大坂に生まれ、小二で転校して鳥取市で育った。東京での学生生活の後、就職して名古屋・大阪・神戸・岐阜の各地で勤務し、現在神戸に住んで尼崎に通っている。振り返ると、どの地にもそれぞれ懐かしい思い出がある。

あるとき、「関西鳥取ファンの集い」で来賓の方々と名刺交換をした。

何人目かに「鳥取花回廊」の園長に挨拶すると「君がKか。」と言う。いきなり呼び捨てはないだろう、それともどこかで会ったかなと思いを巡らせていると、「俺だよ、日光小学校で一緒だったKだよ。」「そうか、よく名前を覚えていてくれたねえ。」

しばし五十数年振りの再会に会話が弾んだ。二人の断片的な小さな記憶を引き金に、当時の出来事が泉のように湧いてきた。

「ふるさと」を「心のふるさと」と読み替えると、「心の中で大切にしてきたこと・心のよりどころ・心の原点」などと、更にその範疇がひろがる。

そうなると、身を置いた母校や職場の経験もまた、私の「ふるさと」である。

確かに、それぞれの学校での恩師や学友とのふれあい、企業の先達から授かった教訓、仕事を通して培った価値観などは、今も正しく「心のよりどころ」となっている。

ある人が、「自分を見失ったり、挫折しそうになったときには、ふるさとに帰るんだ。そこから出直せば立ち直れる。」とよく言っていた。

生まれ育った「ふるさと」には、辛くて悲しい思い出しかないと言う人もいるかもしれない。しかし「心のふるさと」は誰にとっても「安らぎと元気の源」だと思う。

気心の合う人と、お互いの「心のふるさと」の話を交わしたいものである。

観光大使

朝のテレビで「妖怪フェリー」が運行するという報道番組を見た。鳥取県の境港市と島根県の隠岐島を結ぶフェリーである。

境港市には、出身の漫画家にちなんだ「水木しげるロード」があり、「鬼太郎やねずみ男に会える町」が売り物である。隠岐の青年会議所が島興しのために発案し、関係先の賛同を得て運行にこぎ着けたそうだ。

めったにないふるさとのニュースに接した直後に、大阪鳥取県人会のT監事から電話をいただいた。「鳥取市の観光大使に推薦したいのですが。」あまりのタイミングの良さに「わっかりました。」と即答した。

二〇〇六年の正月にT鳥取市長名義の委嘱状が交付され、その後「PRを宜しく」と、鳥取砂丘・傘踊り・因州和紙など六種類の写真が入った名刺が送られてきた。

私自身、鳥取を離れて四十数年、いまや決して鳥取通とは言えない。大丈夫かなと不安に思ったが、毎月『市報とっとり』が送られてきて、行政の動きや市民の暮らしの様子がとてもよくわかる。不安な気持ちは解消した。

元来鳥取県は、「大山・隠岐」と「山陰海岸」の二つの国立公園を擁する観光県で、あちこちに温泉が湧き、二十世紀梨や松葉ガニもおいしい。正に「観どころ、湯どころ、味どころ、鳥取県なごみの国」であり、PR材料には事欠かない。

まずは身近な人達から、鳥取の魅力を伝えていこうと思った。

二〇〇七年の尼崎市の新春互礼会で、S合銀のT尼崎支店長と名刺交換をした。

S合銀の本店は松江にある。「松江のご出身ですか。」と問うと「出身は鳥取市なんです。」と返ってきた。同郷の会話が弾み、通った学校もT大附小・附中で同窓とわかった。それならと「鳥取市観光大使」の名刺を渡すと、じゃあ私もと「松江市観光大使」の名刺をいただいた。正しく「縁は異なもの」を象徴する出会いであった。

セミナー

いまから四十数年前、昭和三十九年の大学入学式でT塾長から祝辞があった。

「学生の本分は、真理追究と人間形成にある。」話は明快だった。

セミナーに触れて「自ら学ぶべしと信ずるものが、名利を離れて真理追究に専念する場が大学におけるセミナーである。同時にセミナーでは指導教授の個性や人格に触れ、集う大学生たちは社会生活における行動の規範をも体得する。」

かさねて「真理の追究という大学の使命を基礎として、その上に謙虚なヒューマニティーに富む清新な若人が生誕する場が大学におけるセミナーである。」

なるほどその通りだと思った。更に直感的に、ゼミで学ぶならこの塾長のゼミしかないと思った。

二年生になったとき、バスケットの球友のK君たちを誘い、ウイスキーを買って、茅ヶ崎のT塾長のお宅に伺った。「来年、ぜひ先生のゼミに入れてください。」とお願いしたが、「せっかくだが少し問題がある。」と返ってきた。

まず、「スネかじりが高いウイスキーを持ってくるのはいただけない。」

次に、「話を聞くと、ゼミを志望する割には経済についての下地がまるでない。」

決定的なことは「塾長はゼミを持たないんだよ。」と楽しそうに話された。

「せっかくウイスキーを持参したのだから、少し飲んで行きなさい。」

ゼミは仕方なく断念したが、T塾長のザックバランな人柄に触れることができたことに大満足して、帰路に就いた。

この年、大学に学費値上げ紛争が起こった。激しいストに突入し、対応されたT塾長は体調を崩して入院、塾長も交代されることになった。

昭和四十一年、三年生になったとき、計ったようにTゼミが再開された。私たち押しかけ組も入学式以来の念願が叶って、晴れてTゼミのゼミ生となることができた。

あるとき、ゼミで卒論の中間報告会があった。

順番がきたので発表しようとすると「K君は最後にしよう。」と後送りされ、発表の番になると「それではK君のお伽ばなしをきこうか。」と言われた。

発表を終っての講評は、「楽しいお伽ばなしだったね。文学部史学科の視点ならいいかもしれないが、とても経済史のレポートとはいえない。」であった。皆「なるほど」と頷いている。私にとっては「なるほど」ではすまない。視点を変えて全てを練り直せとの示唆だった。T先生には、いつも本質をつかんで発想し、原点に照らして振り返ることの大切さを教示いただいたと思う。

近年大学に勤務して、先生方や学生諸君と会話する場面で、自分自身の学生時代を思い起こすことも多い。

改めて振り返ると、Tゼミはまさしく私の青春時代の「心のふるさと」である。縁あってT先生に直接師事できたことを、今でも無上の幸せと思っている。

ＫＩＣ

学生時代、一九六四年から四年間「ＫＩＣ」バスケットボールクラブでプレーした。二〇〇六年秋、同期主将のＨさんから「来年、ＫＩＣが創部五十周年を迎える。」との便りをいただき、早速近況を報告した。

「私もこの十月十五日で六十二歳となりました。昭和四十三年にＳ電機に入社、平成十四年にＳ学園に転籍して、五年目を迎えました。私自身、中高大とバスケットに興じてきましたが、近年、テニスやソフトボールなどのスポーツに力を入れている女子大に勤務して、再び学生スポーツに親しめることを嬉しく感じている昨今です。貴兄や、同じＴゼミのＫさんや、Ｎさんの名前が並ぶと、それを引き金に、学生時代の出来事が泉のように湧いてくるから不思議ですね。」

メールが転送され、かつて一緒に、T塾長のお宅へゼミの予約に伺ったKさんや、同期のNさんから、早速、「ご無沙汰・再会しようぜ」コールをいただいた。

また、KICの現OB会長であるAさんからも、銀座のバー「MELOS」で、OLD・OBの月例会をやっているとのお知らせをいただき、併せて、「実は私もTゼミ最後のメンバーでした。KICにもTゼミの先輩が沢山いらっしゃることを知り、嬉しく思っています。」と追記があった。まさに「縁は異なもの」だと思った。

更に、年が明けて共有メールで数枚の写真が配信されてきたが、そのうちの一枚に、ユニホーム姿のチームの集合写真があった。四十年が過ぎていても、時間をかけて見ていると、次々に名前が浮かんでくるから楽しい。また断片的に、何人かのプレーしている仕草や、特徴的な話しぶりなどが浮かんできたのは驚いた。

KICは、私の青春時代の「心のふるさと」だと、改めて感じた。

「有朋自遠方来、不亦楽乎」、はじめは、会っても何処の誰かわからない人が、話すと次第にわかってくる。そうした再会も「また楽しからずや」である。

二〇〇七年の秋に開催される、ＫＩＣの五〇周年記念パーティーで、かつての球友たちと旧交を温めることを楽しみにしている。

重々無尽

「インターネットで検索していたら、お祖父さんの卒論があったよ。」

息子の電話を受けて調べてみると、なるほど『K大学理学部卒業論文139号・玄武洞及其付近の玄武岩の磁性』が検索できた。K大学附属図書館にあるという。秘書室のHリーダーに「入手できますか。」と聞くと、「図書館同士の協定がありますから、手配しましょう。」約一週間でコピーが送られてきた。

日付は昭和十六年三月、「1．緒言」「2．実験a磁力測定　b帯磁率測定」「3．結語」の構成で、四〇頁、文章はもとより、図や表もすべて手書きであった。

二〇〇七年正月、母が鳥取から、息子が東京から寄って、神戸に家族が揃った。父の卒論を見て「そう言えばこんな字だった。」と母が話し始めた。

新婚旅行は玄武洞を観て城崎に泊まったこと、初めて住んだ京都の印象、父の恩師や先輩との家族ぐるみのお付き合い、南方への出張が決まった経緯など、記憶を辿って話が進んだ。話は我が家の歴史に移り、祖父母や曾祖父母のこと、更には村の人たちとのふれ合いにおよんだ。何度も聞いた話もあれば、初耳の話もあった。

息子が父の卒論を見つけてくれたおかげで、この正月は良い話が聴けたと思った。


尼崎の焼鳥屋「鳥八」で入試広報のTリーダーと夕食をとった。

「この正月は、母から沢山の人たちとの関わりを聞いた。」と言うと「重重無尽ですよね。」と返ってきた。「人は互いに支え合って生きていますから。」

家に帰って広辞苑で「重重無尽」を引くと「一のなかに十があり、十のなかに一があるというように、あらゆる事物・事象は互いに無限の関係をもって融合一体化していること」と記してあった。また、インターネットで検索すると、「重重無尽」が二七二件あり、そこには次のような記述があった。

「あなた一人の人生ではない。あなたは他の人々と互いに影響し合って生きている。すなわち、重重無尽の人生であり、網の目のように互いに結び合って、人々はこの世に生きているのです。」

「この世は重重無尽の因縁によってできている。この世にあるすべての存在は必要なものであり、かけがいの無い尊い存在なのです。ですからすべてに感謝して毎日を過ごすことが自然なのでしょう。」

「自分のいのちも、他人のいのちも、そして動物や植物のいのちも、重重無尽の因縁によって存在している。そのことがわかると、人の気持ちを汲むことのできる心豊かな人間になれるのです。」

私自身、「活力善用・自他共栄」を生涯のテーマとして、良き「出会い・ふれ合い・助け合い」を心懸けてきた。いま「重重無尽」の語に触れて、「人と人との関わり」をこれからも大切にしていきたいと、改めて思った。

おわりに

企業に入社した時から手書きしてきた「感激ノート」が、四十年の歳月を経てボロボロになった。この機会にと各項に少し手を加え、その折々の掲載記事や挨拶文なども折り込んで活字にしていった。

民間企業の部がなんとか形になったかなと思ったところ、新入学生の学外オリエンテーションがあり、上代文学の本学教授、影山尚之先生と同行する機会を得た。このときとばかりに粗稿を渡して、「印象だけでも。」とアドバイスをお願いした。

一ヶ月ほどして、次のような書き出しの一文をいただいた。

「ご高著『感激ノート』を拝読しました。よい学びの機会をいただきましたことを感謝いたします。それぞれの段が、簡潔に構成されつつ、深い含蓄がこもり、時には楽しく、時には示唆深く、読む人の胸を打ちます。ぜひ早期にご出版なさいますことを切望いたします。」続けて、文脈の流れや訴求のスタンスなど「全体を通して」の講評があり、更に「細かな疑問点」として、段ごとにきめ細かなご指摘を頂戴した。

前段のお褒めの言葉に励まされ、後段のご示唆は大きな道しるべとなった。

後日、飲み会で先生とお会いしたとき「先生は褒め上手ですね。」といったら、「日常から褒めて伸ばす教育を心掛けています。」と返ってきた。

後編の女子大学の部にとりかかったころ、日頃文章に親しんでいる若い世代の印象も聞きたいと思い、知人の川端俊宏さんや、その仲間の高嶋正子さん、松本直子さんに、「忌憚のないご意見を。」とお願いした。

早速、編集者や記者やシナリオ作家としての視点で、あるいは若い世代の感性で、それぞれにコメントをいただいた。「遠慮無く。」とは言ったものの、ストレートで、辛辣で、強烈なインパクトのあるコメントには、当初いささかショックをうけたが、よく味わってみると、いかにも小気味良く、確かに的を射た提言であった。

「感激ノート」を題材に、世代を越えた「新たな交流」ができたことは、私にとって大きな収穫であった。

周りの人たちから、いくつかの出版社を紹介いただいたが、第一感で「近代文芸社」に原稿を送り、査定をお願いした。

担当の野口泉さんからの返信のなかに、次の一節があった。

「なんだか楽しそうなタイトルに興味をそそられてページを繰りました。軽妙な筆致にニヤリとしたりしながら、その中に滲む含蓄に、思った以上に心動かされておりました。豊かなご経験、そして素晴らしい方々とのエピソードは、多くの（殊に後進の）読み手に学び感じることを与えてくれると思います。」

褒められるとすぐにその気になるのが「あっかるいオッサン」の特性だろうか、早速、出版契約を結ばせていただいた。


こうして、多くの方々のご支援を得て、草稿から出版までのプロセスを楽しみ、仕上げの充実感を味わうことが出来た。心から感謝の意を表する次第である。

また、本文中に登場いただいたおおよそ百二十名の方々に、改めてご教導の御礼を申し上げ、本書の結びとしたい。

著者略歴

上口　敦弘（かみぐちあつひろ）

1944年　鳥取県生まれ、鳥大附小・中、鳥取東高、慶応義塾大学(経)卒業
1966年　三洋電機株式会社入社
　人事本部企画課長・採用部長・研修C企画管理部長、
　岐阜・本社管理C所長、総務部長など歴任
2002年　学校法人園田学園入職
　園田学園女子大学事務局長・教学支援局長・学長補佐として勤務
2009年　鳥取市観光大使就任　(現在に至る)
　神戸・大阪鳥取県人会副会長、京阪神東雲会副会長など兼務

あっかるいオッサンの「感激ノート」

2023年8月31日発行　　著　者　上 口 敦 弘
発行者　向 田 翔 一

発行所　株式会社 22 世紀アート
〒103-0007
東京都中央区日本橋浜町 3-23-1-5F
電話　03-5941-9774
Email: info@22art.net　ホームページ : www.22art.net

発売元　株式会社日興企画
〒104-0032
東京都中央区八丁堀 4-11-10 第 2SS ビル 6F
電話　03-6262-8127
Email: support@nikko-kikaku.com
ホームページ : https://nikko-kikaku.com/

印刷
製本　株式会社 PUBFUN

ISBN : 978-4-88877-250-1